Oetinger

Guus Kuijer

# Wir alle für immer zusammen

Aus dem Niederländischen von Sylke Hachmeister

Verlag Friedrich Oetinger · Hamburg

# INHALT

# Wir alle für immer zusammen

# ERSTES KAPITEL, IN DEM MIMUN MIT MIR SCHLUSS MACHT, WEIL ICH DICHTERIN BIN

Mein Lehrer ist in meine Mutter verliebt! Kann man sich was Schrecklicheres vorstellen? NEIN! Na ja, mein Vater und meine Mutter sind schon lange geschieden. Verboten ist es also nicht direkt. Meine Mutter ist eine liebe Mama. Mein Lehrer ist ein netter Lehrer. Aber die beiden zusammen? Das ist doch total peinlich.

Und dann bin ich wahrscheinlich auch noch selbst dran schuld.

Es ist vor ein paar Monaten passiert.

Es war der Tag, an dem das »Berufsprojekt« anfing. Wir wussten schon, dass wir als Nächstes ein Projekt über Berufe machen würden, aber der Lehrer wusste nicht, dass wir es wussten. Deshalb fing er so an: »Kinder«, sagte er, »später werdet ihr mal was. Ich zum Beispiel bin Lehrer geworden. Und ein anderer ist General. Um nur mal etwas Bedeutendes zu nennen. Und jetzt möchte ich wissen, was ihr werden wollt.«

Ein riesiger Tumult brach los. Alle schrien durcheinander. Da klopfte der Lehrer mit seinem Stock an die Tafel, und es wurde still.

Der Lehrer ging uns der Reihe nach durch.

»Mehmet?«

»General.«

»Mourad?«

»General.«

»Fatima?«

»General.«

»Hoho«, sagte der Lehrer. »Ich glaube, ihr habt es nicht richtig verstanden. Ihr dürft euch selbst was ausdenken. Ihr sollt mir nicht nachplappern. Ihr sollt ehrlich sagen, was ihr später mal werden wollt. Mehmet?«

Mehmet guckte den Lehrer an. Er seufzte tief. »Also kein General?«, fragte er. Der Lehrer seufzte ebenfalls tief. »Du *darfst* gern General werden, aber du *darfst* auch etwas anderes werden.«

Mehmet sah den Lehrer erleichtert an. »Ach so«, sagte er. »General!«

Der Lehrer zögerte einen Moment. Dann zeigte er auf Mourad. »Mourad?«

»General.«

Ich fing an zu lachen. Ich konnte einfach nicht anders. Der Lehrer lief rot an. »Was ist daran so lustig, Polleke?«, fragte er wütend.

»Nichts«, sagte ich.

»Was willst *du* später mal werden?«, fragte er.

In dem Moment sagte ich etwas ganz und gar Falsches. Ich sagte: »Dichterin.«

*DICHTERIN*
*Mal fällt das Wort wie eine Schneeflocke,*
*mal fällt es wie ein Stein,*
*und dann sagen alle:*
*Still, da fällt ein Wort.*

Der Lehrer starrte mich sehr lange an. Ich sah, wie ein paar Kinder die Worte *Blöde Kuh* dachten. Ein Zettel plumpste auf meinen Tisch.

*Wir hatten doch abgemacht, dass alle dasselbe werden wollen!*

Ich schämte mich fast zu Tode. Das hatte ich ja total vergessen!

Der Lehrer ging durch die Klasse. Er sagte nichts. Es dauerte furchtbar lange. »Bist du dir sicher?«, fragte er. »Willst du nicht lieber General werden?«

In dem Moment fand ich ihn unheimlich nett. Ich rief also: »Ja, eigentlich schon.«

Er fing an zu lachen. Er lachte und lachte, ganz für sich allein.

Auf der Straße drückte Mimun mir einen Zettel in die Hand.

*Ich gehe nicht mehr mit dir, denn ich glaub, in meiner Kultur ist das gar nicht erlaubt, dass eine Frau Dichter ist, ganz bestimmt ist das nicht erlaubt, und wer will auch schon Dichter sein?*

Als ich das Mama erzählte, lachte sie. Sie sagte: »Man muss schon was dafür tun, Polleke.«

»Wofür?«

»Für die Kunst.«

Manchmal könnte ich ihr glatt eine scheuern.

Als ich im Bett lag, hab ich mir ein Gedicht über Mimun ausgedacht. Das braucht sonst keiner zu wissen. Nicht mal meine Mutter.

*Deine Augen können so schwarz sein,*
*dass es wie Afrika scheint,*
*und kaum schau ich in sie hinein,*
*scheinst du ganz weit weg zu sein.*

Ich musste ein bisschen weinen, und dann bin ich eingeschlafen.

## ZWEITES KAPITEL, IN DEM ICH WÜTEND BIN, ABER KEINE RASSISTIN, UND IN DEM SICH DER LEHRER IN MEINE MUTTER VERLIEBT

Am nächsten Tag schrieb ich Mimun einen Zettel:

*Deine Scheißkultur kannst du dir sonst wohin stecken! Dann geh doch mit so 'nem Mädchen, das immer mit einem Staubtuch auf dem Kopf rumläuft. Ist ja auch praktisch!*
*Polleke*

Das war dumm von mir, und der Lehrer fand den Zettel. Er war ganz geschockt. Das Berufsprojekt wurde abgeblasen. Wir mussten alles wegräumen. Wir mussten die Arme übereinanderlegen und gut zuhören. Dann sagte der Lehrer, wir würden ein Antirassismusprojekt machen. Jetzt weiß ich, dass man sich höchstens als faule Kartoffel beschimpfen darf. Alles andere ist Rassismus.

Aber ich hab es aus Versehen getan. Weil ich so verrückt bin nach diesem bescheuerten Marokkaner.

*Jeder will nach Holland kommen*
*ich will weg von hier*
*denn in andern Ländern*
*bin ich Ausländerin*
*und wenn es da Rassismus gibt*
*dann liegt es nicht an mir.*

Als ich Mama davon erzählte, wurde sie auch noch wütend! Nicht auf mich, sondern auf den Lehrer.

Ich dachte, sie platzt gleich.

»Was?«, brüllte sie. »Hat dieser Kakerlak dich etwa als Rassistin beschimpft?«

Darüber musste ich nachdenken. Hatte dieser Kakerlak, ich meine, hatte der Lehrer mich als Rassistin beschimpft?

»Nein«, sagte ich. »Im tiefsten Innern sind wir alle ein bisschen rassistisch, *das* hat er, glaub ich, gesagt.«

»Gebrauch mal deinen Verstand, Polleke!«, brüllte meine Mutter. »Das kam doch nach deinem Zettel, oder? *Deine Scheißkultur kannst du dir sonst wohin stecken!,* das war doch der Auslöser, oder?«

Ja, so war es.

»Und das hast du geschrieben, weil Mimun mit dir Schluss gemacht hat?«

Ich nickte. Ich merkte, wie meine Augen feucht wurden. Ich schüttelte den Kopf, um die Tränen rauszuschütteln. Wie ich dieses Heulgefühl hasse!

Das Gesicht meiner Mutter hellte sich auf. Sie ließ sich in einen Sessel fallen, und ihre Schultern fingen an zu zucken. Dann zuckte auch der Rest. Meine Mutter ist eins dreiundachtzig groß und üppig, da gibt es also einiges zum Zucken. Erst dachte ich, sie weint, weil ich traurig bin, aber das war es nicht. Sie zuckte vor Lachen!

»Weil er mit dir Schluss gemacht hat!«, quiekte sie. »Rassismus!«

Es war nicht mit anzusehen. Wenn meine Mutter lacht, wird sie puterrot. Fast lila. Echt wahr. Wenn Leute dabei sind, schäme ich mich jedes Mal beinah zu Tode.

Plötzlich hörte sie auf. »Weißt du was«, sagte sie. »Das lass ich mir nicht gefallen. Ich lass doch nicht zu, dass meine Tochter als Rassistin beschimpft wird! Aber es war schon hässlich von dir, das mit dem Staubtuch. Siehst du das ein?«

Ich nickte, denn ich sah es ein.

»Das darfst du nie mehr sagen, klar?«

Ich guckte sie nicht an, ich schämte mich.

»Rassismus«, grummelte sie. »Was denkt sich der Dreckskerl?«

Sie wurde blass. Mein Herz rappelte wie verrückt. Ich wusste, dass etwas Schreckliches passieren würde.

Am Abend im Bett konnte ich nicht einschlafen. Ich musste an Oma und Opa denken. Die beten nämlich immer, weil sie an Gott glauben. Mir war jetzt auch nach Beten. Da musste ich lachen, weil mir etwas Lustiges einfiel.

Ich war sieben und übernachtete bei Oma und Opa. Das ist immer ganz toll, weil sie einen Bauernhof haben. Aber darum geht es jetzt nicht. Sie beten bei Tisch und auch vorm Schlafengehen. Also fragte ich Opa, wie man das macht.

»Ach, Polleke, das ist ganz einfach«, sagte Opa. »Wenn

du Schwierigkeiten hast, in der Schule oder so, dann erzählst du es Gott, und zum Schluss sagst du ›amen‹, das ist alles.«

»Ehrlich?«, fragte ich. Sicherheitshalber sah ich Oma an. Oma nickte, also stimmte es. Wir saßen am Tisch, und Opa sagte: »Willst du es mal ausprobieren?«

Ich nickte.

»Gut, dann mal los«, sagte Opa. Er faltete die Hände und schloss die Augen. Oma nickte mir zu, dann machte sie auch die Augen zu.

Es wurde still, also kniff ich die Augen zusammen und sagte:

»1 mal 7 ist 7
2 mal 7 ist 14
3 mal 7 ist 21
4 mal 7 ist 28
5 mal 7 ist 35
6 mal 7 ist 42
7 mal 7 ist 49
8 mal 7 ist 56
9 mal 7 ist 63
10 mal 7 ist 70
amen.«

Dann machte ich die Augen wieder auf.

Omas Hand lag in Opas Hand, und ich sah, dass sie sich kniffen. Beide hatten den Kopf gesenkt. Es dauerte lange, bis Opa die Augen wieder aufmachte. Sie waren ein bisschen nass. Oma drehte sich um und rannte in die Küche.

Aber es war nichts Schlimmes, denn Opa fing an zu lachen.

Als Oma zurückkam, war sie rot, und Schweißperlen standen ihr auf der Stirn.

Opa sagte: »Das war das schönste Gebet, das wir je gehört haben, nicht wahr, Marie?«

»Ja«, sagte Oma. »Es war wunderbar.«

Jetzt bin ich elf. Ich muss lachen, denn plötzlich wird mir klar, dass ich damals, mit sieben, aus Versehen sehr komisch gewesen bin.

Meine Mutter wird vielleicht irgendwas Peinliches zu dem Lehrer sagen. Ich wünschte, ich würde an Gott glauben und könnte beten.

»Hallo, Gott«, würde ich sagen, »ich liebe Mimun und er liebt mich, aber eigentlich geht das nicht, und deshalb erfindet er eine Ausrede, um Schluss zu machen. Wir müssen uns trennen, denn bald kommen wir in die sechste Klasse, und dann sind wir schon fast erwachsen. Erwachsene finden es gut, dass manche Dinge nicht sein dürfen. Amen.«

Aber na ja, ich hab keinen Glauben und kann nicht beten. Also halte ich den Mund.

Und … ich kann immer noch nicht einschlafen.

Der nächste Tag war schlimmer als ein Albtraum. Schon die Vorstellung, mit elf Jahren von der Mutter zur Schule gebracht zu werden! Das allein ist schon ziemlich schlimm. Aber von einer *wütenden* Mutter zur Schule gebracht zu werden, das ist das Allerschlimmste! Da kann man sich lieber gleich begraben lassen. Mit einer schönen Inschrift auf dem Grabstein:

*Hier liegt Polleke,*
*Dichterin,*
*im Alter von elf Jahren*
*an einer merkwürdigen*
*Mutter gestorben.*

Aber ich war nicht tot. Ich ging lebendig neben ihr her. Auf dem Schulhof nahm sie mich an die Hand. Wie ein kleines Kind wurde ich in die Schule geschleift. Der Lehrer saß da und korrigierte Hefte. Er schaute erst auf, als meine Mutter die Tür hinter uns zuknallte.

»Polleke ist also eine Rassistin, wie?«, brüllte sie. Sie zog mich mit bis zum Pult des Lehrers. Der Lehrer schaute hoch in ihr wütendes Gesicht. Dann sah er mich an. Schnell schaute ich nach unten. Jetzt! Jetzt!, dachte ich. Lass mich jetzt im Boden versinken, amen!

»Ich bitte Sie, nein, ich verlange«, brüllte meine Mutter, »dass Sie dieses schwachsinnige Projekt auf der Stelle stoppen! Und dass Sie auf der Stelle mit dem Berufsprojekt weitermachen. Andernfalls nehme ich mein Kind von der Schule. Ist das klar? Polleke ist nämlich keine Rassistin!«

Dann ließ sie meine Hand los und stampfte aus der Klasse.

Mit einem Donnerknall fiel die Tür ins Schloss.

Der Lehrer schaute zur Tür und schluckte ein paarmal. Sein Blick war glasig. Ich glaube, dass es in dem Moment passiert ist, so verrückt es auch klingt. Ich glaube, dass sich der Lehrer in dem Moment in meine Mutter verliebt hat.

## DRITTES KAPITEL, IN DEM ES UM MEINEN UNNORMALEN PAPA (UP) GEHT, UM DEN BESUCH DES LEHRERS UND MIMUNS BRIEF

Jetzt ist es schon wieder eine Woche später. Ich spiele mit Caro auf der Straße.

»Ach, weißt du«, sagt sie, »auf die Jungs musst du nicht so viel geben.«

Caro hat einen Sehr Unnormalen Papa (SUP). Aber das darf ich nicht weitererzählen, darauf komme ich also erst später.

»Ich geb doch überhaupt nichts auf Jungs«, sage ich.

Caro und ich sind die einzigen Kinder in der Klasse, deren Eltern in den Niederlanden geboren sind. Alle anderen haben Eltern, die ursprünglich aus anderen Ländern kamen. Caro hat einen SUP, und ich hab einen UP. Ich glaub, alle niederländischen Kinder haben einen Unnormalen Papa. Meine Mutter sagt, dass es früher auch ein paar Normale Papas gab. Die kamen nach Hause, guckten Fernsehen und tranken Bier. Solche Väter gibt's, glaub ich, nicht mehr.

Du kannst zum Beispiel einen Vater haben, der nicht dein Vater ist.

Oder einen Vater, der zwar dein Vater ist, der aber woanders wohnt.

Oder einen Vater, den es zwar gibt, aber du hast keine Ahnung, wo.

Oder einen Vater aus einem Reagenzglas, den du nicht kennst.

Oder einen Vater aus einem Reagenzglas, den du zwar kennst, zu dem du aber nicht Papa sagst, weil du zu dem Mann deiner Mutter Papa sagst.

Oder einen Vater aus einem Reagenzglas, zu dem du Papa sagst, obwohl er nicht der Mann deiner Mutter ist.

Oder einen Vater, von dem du weißt, wo er ist, zu dem du aber nicht hindarfst.

Oder du hast zwei Väter, die auf Männer stehen.

Oder zwei Väter, die beide Frauen sind, also lesbisch.

Na, sucht euch mal einen aus. Euer Vater ist garantiert dabei, und Caros auch, aber ich sag nicht, welcher es ist.

Als mein Vater meine Mutter geheiratet hat, hatte er schon zwei Kinder, Dirk und Elke, meine größeren Geschwister also, aber als ich drei war, haben sich meine Eltern scheiden lassen. Jetzt wohnt mein Vater bei Sina. Mit Dirk und Elke. Und mit Fieke und Gijs, Sinas Kindern. Und zusammen haben sie Hilletje, die ist jetzt dreieinhalb.

Hilletje ist also meine Halbschwester, aber Fieke und Gijs sind nicht meine Halbgeschwister. Die sind ja von Sina und einem anderen Mann. Klar, oder? Dirk und Elke natürlich wohl, aber die hatte ich ja schon. Am Anfang konnte ich Sina nicht ausstehen, weil sie mir meinen Vater weggeschnappt hatte.

»Weißt du, warum er mit der zusammen ist?«, fragt meine Mutter mich mehrmals in der Woche.

»Warum denn?«, frage ich dann brav. »Sag's mir.«

»Weil sie so gut mit dem Hintern wackeln kann«, sagt meine Mutter dann. »So sind die Männer, das kannst du mir glauben.«

Ich glaub das aber nicht, denn ehrlich gesagt hat Sina nicht besonders viel Hintern. Meine Mutter schon. Also, ich weiß es nicht.

Ich hab Oma gefragt, und die hat gesagt: »Wenn sich ein Mann und eine Frau streiten, gebe ich der Einfachheit halber dem Mann die Schuld.« Da hat Opa so einen Lachanfall gekriegt, dass Oma ihm ganz fest auf den Rücken klopfen musste.

»Und ob du was auf Jungs gibst!«, sagt Caro. »Hab ich doch selbst gesehn! Wenn du Mimun nur siehst, fängst du schon fast an zu heulen.«

»So 'n Quatsch!«, brülle ich. Ich weiß nicht, warum ich so schreie. Denn natürlich *stimmt* es, dass ich dann fast heulen muss.

Caro antwortet nicht, und ich schäme mich. Caro ist meine beste Freundin. Ich weiß nicht, warum ich sie anlüge.

»Ich will nie im Leben was mit 'nem Jungen haben«, sagt Caro. »Das sind doch alles Vollidioten.«

»Ja«, sage ich. Ich gucke die Straße hinunter. An der Kreuzung stehen ein paar Vollidioten und spielen Fußball. Fußball find ich super. Vollidioten nicht. Und in der Ferne sehe ich Mimun näher kommen. Ich spüre einen Schlag in den Magen.

»Los«, sage ich, »kommst du mit?«

Ich ziehe Caro am Ärmel, aber sie bleibt, wo sie ist.

»Nee«, sagt sie. »Wir bleiben einfach, wo wir sind, sonst kommt der sich noch wichtig vor.«

Also bleibe ich, wo ich bin, und gucke auf die Pflastersteine. Ich zeige darauf und sage: »Klasse gemacht, so 'ne Straße, was? Mit all den Steinen.«

Caro guckt mich an, als ob ich sie nicht mehr alle hätte. Ich höre Mimuns Schritte.

»Nein, nein!«, ruft Caro. »Polleke interessiert sich absolut nicht für deine Briefe! Stimmt's, Pol? Mit Vollidioten will sie nichts zu tun haben.«

Ich gucke hoch. Mimun hält einen blütenweißen Briefumschlag in der Hand.

»Ach«, sagt er. »Macht nichts. Ich werf ihn trotzdem in den Briefkasten.«

Er geht weiter zu unserem Haus und wirft den Brief ein. Dann kommt er zurück. Pfeifend geht er an uns vorbei.

»Sagst du uns nicht mal Guten Tag?«, fragt Caro.

»Ach ja«, sagt Mimun. »Sorry. Hallo.«

Dann geht er schnell weiter und biegt um die Ecke.

Caro baut sich vor mir auf und schaut mir in die Augen. »Du rennst jetzt NICHT auf der Stelle nach Hause. Und weißt du auch, warum nicht?«

Ich schüttele den Kopf.

»Weil dir der Brief schnurzegal ist!«

»Ja«, sag ich. »Schnurzpiepegal ist der mir, der ganze Brief.«

Ich gucke wieder auf die Pflastersteine. Es ist verrückt.

Auf den Steinen liegt ein weißer Briefumschlag, der da gar nicht ist. Und als ich hochgucke, sehe ich in der Luft auch einen.

*Da schwebt ein leichter Briefumschlag,*
*der bauscht sich wie ein Löwe,*
*doch er ist weiß und kreischt ganz laut,*
*na klar, er ist 'ne Möwe.*

Überall sehe ich Briefumschläge, die gar nicht da sind. Auf den Dächern, in den Bäumen und unter den Autos. Ich werde ganz verrückt davon. »Der interessiert mich absolut nicht«, sage ich.

»Ach, da ist der Lehrer«, sagt Caro.

Ich gucke, und sie hat recht. Da geht der Lehrer, und er kommt direkt auf uns zu.

»Hallo, Polleke«, sagt er. »Hallo, Caro.«

»Hi«, sagt Caro.

»Hallo«, murmele ich. Ich schaue mich um. Die Briefumschläge sind verschwunden.

Der Lehrer guckt auf seine Schuhe und wir auch. Sie sind schwarz.

»Ich, äh …«, sagt der Lehrer, »ich wollte mal mit deiner Mutter sprechen, Polleke.«

»Oh«, sage ich. Ich gucke schnell zu Caro, um zu sehen, ob sie das komisch findet.

»So ein Zufall«, sagt Caro. »Wir wollten gerade reingehen.«

»Zu wem?«, frage ich.

»Zu dir natürlich, du Dummi«, sagt Caro.

»Ach so, na denn«, sagt der Lehrer. »Dann gehen wir zusammen.«

Caro ist meine beste Freundin, aber manchmal ist sie sooo blöd. So ein Horror! Zusammen mit dem Lehrer zu uns. Zusammen den Brief sehen! Ihn zusammen aufmachen! Oh!!!! Warum bin ich nicht tot?

»Mama ist nicht zu Hause!«, rufe ich plötzlich. Das stimmt. Sie ist überhaupt nicht da! Dass ich darauf nicht eher gekommen bin! »Sie ist nicht da.«

»Da kommt sie gerade«, sagt Caro.

»Wer?«, frage ich. Aber ich sehe es schon. Da kommt meine Mutter mit dem Rad. Sie pfeift, als ob nichts wäre. Sie steigt ab, indem sie das Bein über den Sattel schwingt. Und wisst ihr auch, warum? Sie fährt mit dem Rad von meinem Vater. Mit dem Rad, das er nie mehr zurückkriegt. Weil er sich das Fahrrad von meiner Mutter aus Versehen am Bahnhof hat klauen lassen, sagt er. Aber meine Mutter sagt, dass er es an einen Junkie verkauft hat. Meiner Meinung nach hat er es sich am Bahnhof aus Versehen von einem Junkie klauen lassen. Aber auf mich hören sie ja nicht. Sie wollen nun mal Streit.

Meine Mutter schwingt sich also vom Rad. Sie sagt: »Hallo, Walter, was machst du denn hier?«

Dann gibt sie mir einen Kuss, und Caro kriegt auch einen. Ich denke: *Walter?*

Ich sehe den Lehrer an. Er guckt meine Mutter mit so einem Dackelblick an. *Walter?*, denke ich noch mal. Oje, *Walter* gehen die Augen über, und seine Wangen werden knallrot. Hoffentlich merkt Caro nichts. Aber als ich ihr ins Gesicht schaue, weiß ich, dass sie alles gesehen hat.

»Warum hat Papa dein Rad denn an einen Junkie verkauft?«, schreie ich plötzlich.

»Weil er das Spiel Feyenoord Rotterdam gegen Ajax Amsterdam sehen wollte«, sagt meine Mutter, ohne mich anzugucken.

Zusammen mit *Walter* geht sie zur Haustür.

Ich kneife die Augen zu.

Ich sehe Sternchen.

Keine echten natürlich, es sind nur Kneifsternchen.

## **VIERTES KAPITEL**, IN DEM ES DARUM GEHT, DASS MEIN VATER EIN DICHTER IST, DASS HILLETJE EINE STOFFPUPPE IN DEN VIDEOREKORDER STECKT UND DASS DER LEHRER BEI UNS ZU HAUSE IST

Mein UP ist ein toller Papa. Echt wahr. Er ist Dichter, genau wie ich. Der Unterschied zwischen ihm und mir ist, dass ich Gedichte schreibe. Er nicht. Er ist ein Dichter ohne Gedichte. Er ist einfach nur Dichter. An seinem Aussehen, an seinem Gang, an seiner Art zu sprechen erkennt jeder sofort: Das ist ein Dichter.

Versteht ihr?

Ein einziges Mal hat er ein Gedicht für mich geschrieben. In mein Poesiealbum:

*Es gibt immer eine Luft*
*für meine Schlösser*
*und immer auch ein Plätzchen*
*für Polleke, mein Schätzchen.*

So schön! Darüber muss ich fast weinen. Wisst ihr, warum? Wegen dem *mein* vor *Schätzchen*. Davon wird mir ganz schwummrig.

Noch etwas ist toll an meinem Vater. Wenn man ihn fragt: Was machst du?, dann sagt er nicht: Ich bin General oder Dichter oder Feuerwehrmann oder so was. Er sagt: »Ich lebe!«

Ansonsten macht er nämlich nichts.

Und das ist auch gut so, denn er hat zwei linke Hände. Echt wahr. Egal, was er anfasst, es geht kaputt. Wenn er versucht, einen Teller abzutrocknen, platsch, auf den Boden. Wenn er versucht, ein Fenster zu putzen, rinkeldikinkel, schon ist es kaputt.

All das erzähle ich, weil ich plötzlich hörte, wie jemand »POOOOOOOOOOOLLLLLEEEEEEEEKKKKKKEEEE-EEEE!« rief. Und ich wusste sofort, dass es Spiek war, mein Papa.

Mama und der Lehrer und Caro und ich wollten ins Haus gehen. Mama stieg gerade über Mimuns weißen Briefumschlag hinweg. Der Lehrer bückte sich, um ihn aufzuheben. Caro versuchte ihm zuvorzukommen. Aber da war plötzlich dieser Wahnsinnsschrei: »POOOOOOOOOOLLLLEEEEE-KKKKKEEEEEEE!«, und alle blieben stehen, richteten sich auf, drehten sich um. Mit Hilletje an der Hand sahen wir ihn da stehen. Und ich? Ich lief auf ihn zu. So fest ich konnte, sprang ich ihm in die Arme. Im Film sieht man das ab und zu. Dann drehen sie sich mit viel Musik im Kreis. Da geht es immer gut. Aber bei uns nicht. Zusammen mit mir schlug Papa wie ein Brett hintenüber. Man konnte hören, wie sein

Kopf auf die Stufe knallte. Hilletje und ich fielen auf ihn drauf, und deshalb dachte ich: Der ist mausetot.

Aber da sagte er:

*»Das ist wahre Liebe.*
*Dass man sich davon auf der Stufe*
*zu Tode stürzt.«*

Er nahm mein Gesicht und küsste mich. Ich nahm Hilletjes Gesicht und küsste sie. Dann rappelten wir uns auf.

»Papa fällt immer um, stimmt's?«, rief Hilletje fröhlich.

»Darauf kannst du Gift nehmen«, sagte ich und küsste Hilletje noch mal.

»Pol«, sagte Spiek, »kannst du ein Stündchen auf Hilletje aufpassen?«

Ich sagte: »Klar, Spiek.«

»Du bist super, Pol«, sagte Spiek.

Langsam gingen wir ins Haus. Mein Vater telefonierte währenddessen mit seinem Handy. »Bin unterwegs«, sagte er in den Apparat. »Hab meine Kleine grad bei meiner Großen geparkt. Aber jetzt muss ich noch schnell 'nen Hunni auftreiben. Okay? Tschau!«

Ich fühle mich sooo super, wenn Spiek mich seine Große nennt. Echt wahr. Aber er sagt es nur zu anderen. Am Telefon. Zu mir sagt er schon mal »Große«. Das ist aber nicht dasselbe. Er muss »*meine* Große« sagen. Vielleicht muss ich ihn mal anrufen und so tun, als wär ich jemand anders.

Mama und der Lehrer und Caro waren reingegangen. Der weiße Briefumschlag war verschwunden.

»Tinus?«, rief Spiek in den Flur. Er meinte meine Mutter, die heißt nämlich Tina.

»TIIIIIINNNNNNUUUUUUUSSSS?«, brüllte er.

Wütend kam meine Mutter heraus. »Ja?«, fragte sie. »Haben der Herr vielleicht einen Wunsch?«

»Kannste mir vielleicht bis morgen ’nen Hunni leihen?«, fragte Spiek.

»NEIN!«, brüllte meine Mutter. »Ich krieg übrigens noch jede Menge Geld von dir!«

Ich ging schnell rein und schob Hilletje ins Zimmer. Mein Vater und meine Mutter können furchtbar schlecht mit Geld umgehen.

»Morgen kriegst du’s wieder, ehrlich«, hörte ich Spiek draußen rufen. Dann knallte die Haustür zu.

Der Lehrer und Caro saßen still auf ihren Stühlen. »So«, sagte meine Mutter, als sie reinkam. »Das wär *das*. Der kriegt keinen Cent mehr von mir, im Leben nicht. Bleibst du zum Essen, Walter?«

*Walter!*

Mir wurde übel.

»Ein andermal gern«, sagte der Lehrer. »Ich esse bei meiner Mutter.«

»Ach so«, sagte meine Mutter.

Der weiße Briefumschlag lag auf dem Tisch. Wie konnte ich den unbemerkt da wegnehmen? Caro starrte dreist darauf, als ob er ihr gehören würde. So guckt sie übrigens immer. Als ob alles auf der Welt ihr gehören würde. Na, dieser Brief gehörte mal zufällig nicht ihr.

»Hat deine Mutter kein Telefon?«, fragte meine Mutter.

Hilletje versuchte Ernie (so eine Stoffpuppe) in den Videorekorder zu stecken, und das klappte auch. Ganz rein.

»Lass das!«, rief Caro. Sie holte einen Korkenzieher aus der Küche und versuchte Ernie damit wieder rauszuziehen. Da schnappte ich schnell den Brief vom Tisch. Niemand hatte es gesehen.

»Doch«, sagte der Lehrer. »Aber sie rechnet mit mir. Ich esse dreimal in der Woche bei ihr.«

»Ach so«, sagte meine Mutter. Sie sah mich kurz an. In ihren Augen blitzte es gefährlich. »Du hast bestimmt ein gutes Verhältnis zu deiner Mutter?«, fragte sie zuckersüß.

»Passt du mal eben auf Hilletje auf?«, fragte ich. »Muss kurz was aus meinem Zimmer holen.«

Ich wartete Caros Antwort nicht ab. Mit dem Brief unter dem Pulli rannte ich nach oben.

Meine Finger zitterten, als ich ihn aufriss.

Ich las:

*Liebe Polleke,*
*mein Vater sagt, dass ich etwas Dummes gesagt habe.*
*Er sagt, dass ich vor Dichtern Respekt haben muss.*
*Ich soll dir sagen, dass es mir leidtut.*
*Es tut mir leid.*
*Aber ich darf nicht mehr mit dir gehen.*
*Tschau!*
*Mimun*

## FÜNFTES KAPITEL, IN DEM ES DARUM GEHT, DASS ICH VIELLEICHT DOCH EINEN GLAUBEN HABE UND DASS GREETJE MUTTER WIRD

Eine Woche später bin ich bei Oma und Opa.

»Es hat bestimmt mit ihrem Glauben zu tun«, sagt Opa. »Mimun ist Moslem, und du bist nichts.«

»Nichts?«, sage ich. »Ich bin Dichterin.«

»Opa meint, dass du keinen Glauben hast«, sagt Oma.

Ich zucke die Schultern. Woher soll man denn wissen, ob man einen Glauben hat? Vielleicht hab ich ja doch einen Glauben. Ich weiß es nur noch nicht.

»Wir durften früher auch nicht miteinander gehen«, sagt Oma. »Unsere Eltern waren dagegen.«

»Ihr?«, frage ich. »Aber ihr hattet doch einen Glauben, oder?«

»Ja«, sagte Opa, »aber ich war evangelisch und Oma war katholisch, und das ging nicht.«

Von Samstag bis Sonntag bin ich oft bei Oma und Opa. Sie leben auf einem Bauernhof, aber Opa ist kein Bauer mehr und Oma keine Bäuerin. Sie haben zwar einen großen Garten, aber ihr Land haben sie verkauft, weil Spiek kein Bauer werden wollte.

Was wollte Spiek stattdessen werden?

Dichter.

DICHTER!

Er fand, dass ein Dichter in der Stadt wohnen muss. Nicht auf dem Land. Deshalb ist er in die Stadt gezogen, um Dichter zu werden.

»Ihr durftet nicht miteinander gehen«, sage ich zu Oma, »aber ihr habt es trotzdem getan.«

»Ja«, sagt Oma. »Aber erst musste Willem katholisch werden.« Opa heißt nämlich Willem, müsst ihr wissen, und Oma heißt Marie.

»Und dann fanden sie es eigentlich immer noch nicht gut«, brummt Opa. »Omas Eltern wollten einen Jungen aus dem Dorf. Ich war nicht aus dem Dorf. Ich kam aus einem anderen Dorf, drei Kilometer entfernt.« Er erhebt sich aus seinem großen Sessel. »Wer kommt mit auf einen kleinen Spaziergang?«

»Ich«, sage ich.

Oma bleibt zu Hause, denn sie muss noch ein bisschen rumpusseln, sagt sie.

Wir gehen also spazieren. Man geht, man kommt nirgendwo an, und dann geht man wieder zurück. Das ist Spazierengehen. Ich kann nichts daran finden, aber Erwachsene sind ganz wild darauf. Das einzig Schöne am Spazierengehen sind die Kühe. Ich bin wild auf Kühe.

»Bin mal gespannt, ob Greetje mich noch kennt«, sage ich. Greetje ist nämlich meine Kuh, müsst ihr wissen.

Als wir fast bei Bauer Kalverboer sind, rufe ich sie. Die Kühe auf der Weide gucken mich fröhlich an, aber Greetje ist nicht dabei. »Es ist doch nichts mit ihr passiert, oder?«, frage ich.

»Doch«, sagt Opa. »Es ist was mit ihr passiert.«

»Was denn?«, rufe ich. Mein Herz zieht sich in der Brust zusammen.

»Weißt du noch, wie du Greetje kennengelernt hast?«, fragt Opa.

Das weiß ich noch genau. Ich war dabei, als Greetje geboren wurde, drei Jahre ist das her. Mitten in der Nacht in Kalverboers Stall. Ich durfte Greetje mit Stroh trocken reiben. Sie war ein schönes, niedliches Kälbchen. Später lief sie hinter mir her, weil ich ihr die Flasche gegeben und viel mit ihr gespielt habe.

»Jetzt wird Greetje selbst Mutter«, sagt Opa. »Deshalb ist sie im Stall. Komm mal mit.«

Ich will etwas sagen, aber in meinem Kopf sind keine Worte. Greetje wird Mutter! Ich kann es kaum fassen. Vor drei Jahren war sie noch ein Kälbchen. Ein flauschiges kleines Wesen, das wacklig auf den Beinen stand. Und jetzt? Als wir in den Stall gehen, fasse ich Opa an der Hand. Denn vor irgendwas habe ich ein bisschen Angst, obwohl ich nicht so genau weiß, wovor.

Ich erkenne Greetje sofort an ihren Flecken. Sie hat auf dem Rücken einen schwarzen Fleck, der aussieht wie ein Sattel. Und im Gesicht hat sie einen in der Form eines Schmetterlings. Als sie mich sieht, ruckt sie an ihrer Kette und schüttelt den Kopf.

Ich laufe zu ihr hin und schlinge die Arme um ihren Hals. Davon werden wir beide ruhig. Ich fühle, wie Greetjes

Wärme mich durchströmt. Es ist so schön, ihr Fell an meiner Wange zu spüren!

Ich muss an Mimun denken, und weil ich an Mimun denken muss, muss ich an Gott denken. Weil Greetje so groß und warm ist und ich sie so lieb habe, kommt mir eine Idee. Ich fasse ihr Ohr und flüstere: »Greetje, bist du vielleicht Gott?«

Darüber denkt sie einen Augenblick nach. Dann reckt sie die feuchte Schnauze vor, macht das Maul auf und muht. Sie ist so lieb! Sie hat so wunderschöne Augen!

*Wenn ich eine Kuh seh,*
*weiß ich, dass es Gott gibt,*
*aber wenn ich ihr das sage,*
*fängt sie an zu muhen.*

Am Abend lese ich mein Gedicht Oma und Opa vor. Zum Glück finden sie es schön.

»Aber«, sagt Opa, »ich glaube nicht, dass du es muslimischen Menschen vorlesen solltest. Vielleicht solltest du dir einen Hindu-Jungen suchen.«

Oma und Opa sehen mich ernst an, sie machen keinen Spaß. Ich weiß wirklich nicht, was Opa meint, bis er es mir erklärt.

»Manchmal«, sage ich, »manchmal kommen die Gedichte, die ich schreibe, aus Spieks Kopf. Er vergisst sie aufzuschreiben, aber ich nicht.«

»Schätzchen«, sagt Oma, »sie kommen aus deinem eigenen Kopf. Ganz bestimmt. Wenn Gerrit Gedichte schreiben will, muss er mal einen Stift in die Hand nehmen.« Spiek heißt nämlich eigentlich Gerrit, müsst ihr wissen.

»Genau«, sagt Opa.

Ich denke nach und werde ein bisschen traurig. Wenn ich sie nicht für Spiek aufschreiben kann, dann kann niemand Spieks Gedichte lesen. Dann bleiben sie in seinem Kopf versteckt.

## **SECHSTES KAPITEL**, IN DEM ES DARUM GEHT, DASS SPIEK VERSCHWINDET, DER LEHRER ABER GERADE NICHT, UND UM FLUSSDELTAS

Sonntagabend musste ich wieder nach Hause. Das war schrecklich, denn Greetje hatte noch nicht gekalbt. Und zu Hause passierte eine Katastrophe nach der anderen.

Spiek war schon seit drei Tagen spurlos verschwunden. Das war die erste Katastrophe. Niemand wusste, wo er war. Sina nicht. Absolut niemand. Sein Handy gab keine Antwort.

Deshalb war ich mir fast sicher, dass er ermordet worden war. Dichter sind furchtbar neidisch aufeinander. Das Wahrscheinlichste war, dass sie Spiek ein Messer zwischen die Rippen gejagt hatten. Dass sie ihn verbluten lassen wollten. Dass er dann aber im letzten Moment von einer reichen Dame aus gutem Hause gerettet worden war.

Das dachte *ich* über die Sache.

Meine Mutter dachte, dass er von Sinas dickem Hintern genug hatte und sich aus dem Staub gemacht hatte. Aber meine Mutter ist auch keine Dichterin.

Die größte Katastrophe muss ich noch erzählen. Ich traue mich kaum, so schlimm ist es, aber hier kommt es.

Um acht Uhr abends steckte ich meinen Schlüssel ins Schloss. Ich machte die Tür auf und wusste sofort, dass etwas nicht stimmte. Ich hörte eine Stimme aus dem Wohnzimmer, die nicht dahin gehörte, die war verkehrt. Ich wollte weglaufen, zurück zu Oma und Opa. Zurück zu Greetjes Stall, um zusammen mit ihr zu kalben. Aber ich musste Montag in die Schule. Ich bin erst elf, wisst ihr? Ich bin es so leid! Nie kann ich einfach tun, was ich will.

*Anstatt so lange Kind zu sein,*
*wär's besser, einfach Rind zu sein.*
*Drei Jahre müssen nur verfliegen,*
*dann kann die Kuh ihr Mädchen kriegen.*

*(Jungen werden nicht beachtet,*
*die werden einfach abgeschlachtet.)*

Die verkehrte Stimme lachte laut. Ich kriegte Gänsehaut davon. Ich finde Lehrer Walter ja ganz nett. Aber nicht um acht Uhr abends bei uns zu Hause, wenn meine Mutter allein ist.

Also ging ich ins Wohnzimmer und sagte: »Hi zusammen, wie schön, dass Sie da sind. Kann ich mal kurz mit dir reden, Mam, in der Küche?«

In der Küche fing sie sofort von Spiek und Sinas Hintern an. Aber ich sagte: »Mam, das geht so nicht. Der Lehrer kann nicht hier sein, so spät mit dir allein!«

»Was?«, fragte sie. Sie sah mich an, als ob ich aus dem Irrenhaus käme.

»Was glaubst du, was die Nachbarn denken?«, fragte ich.

»Du meinst die von gegenüber?«, fragte sie.

Die meinte ich, denn gegenüber wohnt eine marokkanische Familie.

»Ja!«, rief ich.

»Mir doch egal«, sagte sie.

»Mir aber nicht!«, brüllte ich. »Alle Kinder werden dich beschimpfen. Alle! Er kann nicht hier bleiben. Er muss SOFORT weg. Er muss sich durch den Hintergarten schleichen.«

Meine Mutter verschränkte die Arme. »Jetzt sag mir mal, Polleke, als was beschimpfen die Kinder mich?«

Ich schnappte nach Luft und rief: »Deine Mutter ist eine …«

Mein Mund klappte wieder zu. Ich sah Mama in ihr liebes Gesicht. Ich *konnte* das Wort nicht sagen. Sie hielt mich fest, zog mich an sich und sagte: »Ich weiß schon. Du brauchst es mir nicht zu sagen. Hör mir gut zu: Ich *bin* das Wort doch nicht, oder? Diesen Blödsinn ziehen wir uns doch nicht an!«

Ich sagte nichts darauf, aber ich fühlte mich mutlos. Was wusste Mama schon vom Leben draußen? ICH lebte da, auf der Straße und auf dem Schulhof. ICH musste die Beschimpfungen ertragen, nicht sie.

Ich wusste nicht, was ich sagen sollte. Deshalb sah es jetzt so aus, als gäbe ich ihr recht.

»Sollen wir wieder reingehen?«, fragte sie. »Walter macht sich gleich auf den Weg. Aber er geht ganz normal durch die Haustür.«

Ich nickte.

Lehrer Walter guckte an mir vorbei, als ob er wüsste, worüber wir geredet hatten. Als ob er sich ein bisschen schämte. Jetzt tat er mir leid. Darum erzählte ich ihm von Greetje und dem Kälbchen, das kommen würde. Sein Gesicht heiterte sich richtig auf. Als er wegging, drehte er sich an der Haustür noch einmal um und sagte: »Das mit Spiek kommt schon wieder in Ordnung. Der sitzt wahrscheinlich irgendwo und dichtet.«

Das hatte er nett gesagt. Um ein Haar hätte ich ihm einen Kuss gegeben, aber zum Glück tat ich es dann doch nicht. Denn den eigenen Lehrer zu küssen, das ist echt so verrückt, dass es dafür gar keine Worte gibt.

Herr Abbach von gegenüber kam gerade nach Hause. Ich tat so, als ob ich ihn nicht sähe.

»Vielen Dank«, rief ich dem Lehrer nach. »Jetzt versteh ich viel besser, was ein Flussdelta ist.«

Herr Abbach konnte gerade genug Niederländisch, um zu verstehen, was ich sagte. Hoffentlich. Ich schlug die Tür zu. Durch die Scheibe sah ich Herrn Abbach ins Haus gehen.

Ich hatte getan, was ich konnte.

Jetzt noch zu Greetje.

*Lieber Gott,*
*bitte lass es ein Mädchenkalb werden.*
*Amen.*

## **SIEBTES KAPITEL**, IN DEM ES DARUM GEHT, DASS GETRATSCHT WIRD UND DASS ICH EINEN HINDU NEHME UND WAS MIT SPIEK PASSIERT IST

»Ich weiß es«, sagt Caro am nächsten Tag auf dem Schulhof. »Das mit deiner Mutter und dem Lehrer.«

Ich packe sie am Pferdeschwanz und ziehe ihr Ohr zu meinem Mund. »Was weißt du?«, zische ich.

»Nichts«, piepst Caro. »Aber ich bin froh, dass mein Vater schwul ist. Dann wird über mich nicht so getratscht.«

Die Sache ist die: Caros Mutter wohnt mit ihrem Freund Evert zusammen. Aber Evert wollte keine Kinder. Da hat Caros Mutter einen Mann gesucht, der ein Kind wollte. Der Mann hieß Hans. Aber sie wollte nicht mit Hans ins Bett gehen. Das musste sie auch nicht, denn Hans ist schwul und hat seinen Samen in ein Röhrchen getan.

Jetzt hat Caros Mutter also ein Kind. Das ist Caro. Zu Hans, der nicht bei ihr zu Hause wohnt, sagt Caro Papa. Zu dem Freund ihrer Mutter, der bei ihr zu Hause wohnt, sagt sie Evert. SUP!

»Was wird getratscht?«, brülle ich Caro ins Ohr.

»Dass deine Mutter es mit dem Lehrer treibt.«

»WAS?«, brülle ich. »Der Lehrer war bei uns zu Besuch, du Verrückte!«

»Ach so«, sagt Caro.

»Wer hat dir das eingeredet, du dumme Nuss?«

»Meine Mutter hat gesagt ...«

»Deine Mutter?!«, schreie ich. Ich lasse Caro los. Dass ich *daran* nicht gedacht habe. Caro wohnt ja auch gegenüber. Neben der Familie Abbach.

»Du kannst deiner Mutter sagen, dass sie tratscht«, sage ich böse. »Und dass sie das lassen soll. Und du auch.«

Caro guckt mich kläglich an. Sie nickt. Sie hat so große, traurige Augen – wenn die mich so angucken, wird mir ganz schwummrig. So ähnliche Augen wie Greetje.

Ich gucke an ihr vorbei und sehe Mimun über den Schulhof gehen. Mein Herz fängt an zu hämmern. Ich kann nichts dagegen tun.

»Bist du noch sauer?«, fragt Caro.

»Ach was«, sage ich. Mimun sieht mir genau in die Augen. Mimun und ich sind schon seit zwei Jahren zusammen. Es ist komisch, auf einmal nicht mehr mit ihm zusammen zu sein. Ich lasse Caro stehen und gehe zu ihm hin. Ich ziehe einen Brief aus der Jackentasche und gebe ihn Mimun. Er schaut nach allen Seiten und steckt den Brief schnell weg. Dann dreht er sich um, und ich gehe zurück zu Caro.

*Ich will gar nicht mit so einem Papakind gehen,*
*das alles tut, was sein Vater ihm sagt.*
*Meine Oma und mein Opa hatten auch einen*
*Glauben, der verboten war, und trotzdem.*

*Ich nehm einfach einen Hindu,*
*denn der glaubt an Kühe.*
*Schöne Grüße*
*Polleke*

Caro guckt mich lieb an, und mir wird schon wieder schwummrig. Vielleicht werd ich einfach lesbisch. Dann hab ich wenigstens nicht mehr diesen Stress mit Mimun.

Die Schule fängt an. Wir müssen rein. Der Lehrer erzählt was über Flussdeltas.

Nach der Schule erfahre ich von meiner Mutter, dass es um Spiek ganz schlecht steht. Sie haben ihn verhaftet. Die Polizei sagt, dass er dealt. Das stimmt auch. Er verkauft Hasch. Sie haben ihn ins Untersuchungsgefängnis gesteckt.

Ich fahre sofort mit dem Rad hin, denn ich muss es erklären. Die Polizei versteht Spiek vielleicht nicht richtig.

Ich strampele wie verrückt, weil ich Spiek so schnell wie möglich befreien will. In einer Viertelstunde bin ich da. Zum Glück machen sie sofort auf, als ich klingele. Drinnen sitzt ein Mann in einem Glaskasten. Das ist der Pförtner.

»Ich komme wegen Spiek«, sage ich. »Den haben sie nämlich aus Versehen eingesperrt.«

»Ach ja?«, sagt der Pförtner. »So was Dummes. Wer ist denn Spiek?«

»Mein Vater«, sage ich. »Eigentlich heißt er Gerrit.«

»Sie haben deinen Vater aus Versehen eingesperrt?«, sagt der Pförtner. »Das ist ja blöd für dich.«

»Ich komm ihn abholen«, sage ich, »weil er zwar dealt, aber es ist für einen guten Zweck.«

»Aha«, sagt der Pförtner.

»Wenn er nicht dealt«, sage ich, »hat er kein Geld, um Hasch zu kaufen. Wenn er kein Hasch raucht, kann er nicht dichten. Spiek ist Dichter. Es ist also für einen guten Zweck. Deshalb komm ich ihn abholen, er kann es nämlich nicht haben, eingesperrt zu sein. Davon geht er innen drin kaputt, und dann kann er nie mehr dichten.«

Ich sehe den Pförtner an. Er macht ein ungläubiges Gesicht und schüttelt den Kopf. Auf einmal merke ich, dass ich nicht mehr an meine eigenen Worte glaube.

Als ich acht war, habe ich an den guten Zweck geglaubt. Als ich neun war. Als ich zehn war. Aber jetzt bin ich elf. Ich glaube nicht mehr daran. Ich kann den Blick des Pförtners nicht ertragen. Ich will wegrennen, aber ich will auch Spiek befreien.

»SPIEK!!!«, brülle ich in den Flur. »SPIEK!!! KOMM MIT NACH HAUSE!!!«

Ich fange an zu heulen. Bah, wie ich das hasse! Was bin ich bloß für eine Heulsuse.

Der Pförtner kommt aus seinem Glaskasten und legt mir einen Arm um die Schultern.

»Buhu, buhu«, heule ich. Himmel, wie ich mich hasse. Ich wünschte, ich wär ein bisschen tapferer.

»Buhu, buhu.« Ich hör mich schon an wie Greetje.

»Wie heißt du denn?«, fragt der Pförtner.

»Polleke«, schniefe ich.

»Gut, Polleke«, sagt der Pförtner. »Du bist ein tolles Mädchen. Soll ich mal fragen, ob du deinen Vater kurz sehen darfst?«

»Buhu«, muhe ich, »buhu.«

Der Pförtner fragt, aber es geht nicht. Ich soll wiederkommen, wenn Besuchszeit ist.

Am Abend ruft Opa an. Ein Kälbchen ist geboren. Es ist ein Mädchen, und sie heißt Polleke.

»Kommst du es dir Samstag angucken?«, fragt Opa.

»Ja, Opa, gern.«

»Ist was, mein Mädchen?«

»Ja, Opa. Du weißt doch, was mit Spiek ist?«

»Ja, Polleke, aber darüber musst du nicht traurig sein, Mädchen.«

»Warum nicht?«

Am anderen Ende der Leitung ist es still.

»Opa?«

»Ja?«

»Kannst du für Spiek beten? Ich kann ja nicht, weil ich keinen Glauben hab.«

»Das mach ich. Und Oma auch.«

»Nacht, Opa.«

»Nacht, mein Mädchen.«

Ein Tag später.

Vor der Schule steht eine marokkanische Frau. Sie hat einen kleinen Jungen an der Hand. Es ist Ghalid, Mimuns kleiner Bruder. Als Ghalid mich sieht, sagt er etwas zu seiner Mutter und zeigt auf mich.

Die Frau sieht mich an und winkt. Ich gehe zu ihr. Als ich vor ihr stehe, lächelt sie. Von ihrem Lächeln wird mir ein bisschen schwummrig.

»Du bist Polleke? Hör mir gut zu. Du bist keine kleine Mädchen mehr. Gute Mädchen, aber keine kleine Mädchen. Morgen oder übermorgen du auf mal *hupps!*, Busen. Mimun ist gute Junge, aber große Junge. Geht nicht mehr du und Mimun zusammen. Geht nicht mehr. Mimun heiratet marokkanische Mädchen. Du verstehst? Keine Briefe mehr. Du bist eine liebe Mädchen. Ich weiß.«

Sie nimmt mein Gesicht in ihre Hände und küsst mich auf die Stirn. Dann dreht sie sich um und geht mit Ghalid in die Schule. Ich will etwas sagen, aber ich kann nicht.

*Vielleicht gehen so die Dichter*
*tot: wenn die Wörter alle sind.*

Es ist Freitag. Ich hab meine Tasche zum Übernachten dabei. Gleich nach der Schule kann ich weg. Erst mit der Straßenbahn, dann mit dem Zug, dann mit dem Bus. Zu Oma und Opa! Zu Greetje und zu Polleke, dem Kälbchen! Aber zuerst muss ich zu Sina.

Als die Schule aus ist, renne ich zu Sinas Haus. Sie macht auf und guckt mich böse an. »Was ist?«, fragt sie unfreundlich.

»Gehst du heute zu Spiek?«, frage ich. »Ich kann nicht, ich fahr zu Oma und Opa.«

»Nee«, sagt Sina. »Zu der Pfeife geh ich nicht.«

Vor Schreck schnappe ich nach Luft. »Ja, aber‹, sage ich,

»du musst gehen, weil ich nicht kann. Meine Kuh hat ein Kälbchen gekriegt, und …«

»Hör zu, Pol«, sagt Sina. »Ich geh nicht, Dirk und Elke gehen nicht, und Hilletje geht schon gar nicht. Spiek muss mal sehen, wie er klarkommt.«

»DU BIST SEINE FRAU«, brülle ich, »UND ICH MUSS ZU MEINEM KALB!«

Sina guckt mich verdutzt an, dann geht sie einen Schritt zurück. WUMM! Sie schlägt mir die Tür vor der Nase zu. Ich kriege Herzflattern davon.

Ich bin sooo unglaublich wütend! Ich bin sooo wütend! »DU WOLLTEST IHN DOCH UNBEDINGT HABEN MIT DEINEM DICKEN HINTERN!«, schreie ich. Ich versetze der Tür einen so donnernden Fußtritt, dass mir übel wird.

Verdammt! So ein Mist! Ich will zu Oma und Opa, zu Greetje und ihrem Kalb. Ich will, ich will, ich will!

Aber das geht nicht, weil niemand Spiek besucht. Ich kann ihn nicht allein lassen.

Ich setze mich auf die Bordsteinkante. Ich lege den Kopf auf meine Tasche. Manchmal ist das Leben ein Brechmittel. Immer mehr Kinder in meinem Alter sterben, wusstet ihr das? Vielleicht sterbe ich ja auch. Und dann, o ja, dann wird es ihnen aber leidtun. Sollt ihr mal sehen. Dann heulen sie alle auf meiner Beerdigung. Rotz und Wasser. Aber dann ist es zu spät! *Jetzt* müssten sie sich fragen: »Ist Polleke auch glücklich?« Jetzt, wo ich noch am Leben bin! Nein, ihr Lieben, Polleke ist *nicht* glücklich. Polleke ist das unglücklichste elfjährige Kind auf der Welt. Und wenn ihr nicht aufpasst, gehe ich *hupps!*, ganz einfach tot. (Wer hat da noch mal *hupps!* gesagt?)

Jemand tippt mir auf die Schulter. Ich gucke hoch, genau in Mimuns Gesicht.

»O nee«, seufze ich. »Dich kann ich ja nun echt nicht gebrauchen.«

Mimun setzt sich neben mich auf die Bordsteinkante.

»Verpiss dich, ja?«, sage ich.

»Nee, wieso?«, fragt er.

»Weil du nicht neben mir sitzen darfst«, sage ich böse. »Das will dein Papi nicht und deine Mami nicht und deine ganze Familie nicht, du Papakind.«

Ich habe Lust, ihn zu ärgern. Da hab ich jetzt so richtig Lust zu. Also sag ich: »Ich fand ja schon immer, dass du ein richtig lahmer, braver Junge bist. Ich brauchte dich nur von Weitem zu sehen, da hab ich schon Langeweile gekriegt.«

Mimun sagt eine Zeit lang nichts. Ich schätze, dass er im Innern tief getroffen ist. Richtig so.

»Ich hab das von Spiek gehört«, sagt er plötzlich.

»Kümmer dich um deinen eigenen Dreck«, sage ich. »Und guck meine Haare nicht an, das darfst du nämlich nicht bei deinem Glauben.«

Mimun fängt an zu lachen. Ich kann alle seine weißen Zähne sehen und die Glimmer in seinen schwarzen Augen.

»Geh bitte weg, Mimun«, sage ich, und mir ist ein bisschen schwummrig.

Mimun nickt. »Gut«, sagt er. »Ich gehe.« Aber er bleibt sitzen.

»Ich will zu meiner Oma und meinem Opa, weil meine Kuh ein Kälbchen gekriegt hat«, sage ich. Schon seit fast zwei Jahren erzähle ich Mimun so gut wie alles. Wie kann ich plötzlich damit aufhören? »Aber das geht nicht, weil Spiek allein ist. Ich muss zu Spiek.«

»Findest du das blöde Viech wichtiger als deinen Vater?«, fragt Mimun.

Ich springe auf. »Ach, hau doch ab, Mann!«, schreie ich. »Du verstehst ja sowieso rein gar nichts.«

Ich schnappe meine Tasche und laufe davon. Kurz vor unserem Haus holt Mimun mich ein. »Hör zu«, keucht er. »Soll ich für dich zu Spiek gehen?«

Ich sehe ihn an und zögere.

»Ich erklär es ihm schon«, sagt Mimun.

Mimun!, denke ich. Mimun! Ich hab mich nicht getäuscht. Du bist der liebste Junge, den es gibt! Echt wahr! Ich nehme sein Gesicht in die Hände und küsse ihn einfach patschbumm auf den Mund. Als ich fertig bin, guckt er mich an und grinst, und ich grinse zurück.

»Ich will dich bestimmt nicht heiraten, falls du das denken solltest«, sage ich.

»Ich dich auch nicht«, sagt Mimun und grinst.

Plötzlich weiß ich, was wir tun müssen. Wir müssen zusammen sterben. Wir werden zusammen begraben. Unter einem Stein mit diesem Text:

*Sie versprachen, nie zu heiraten,*
*bis dass der Tod sie scheide.*

»Sag Spiek, dass ich Montag komme«, sage ich.

»Mach ich«, sagt Mimun.

Ich bin so froh! Jetzt kann ich zu Oma und Opa, zu Greetje und zu Polleke, ihrem Kalb. Manchmal ist das Leben ein Gedicht.

## **ACHTES KAPITEL**, IN DEM ICH UND MEIN KALB EINSCHLAFEN, ICH AUF OMA WÜTEND WERDE UND MEINE MUTTER UND DER LEHRER SICH KÜSSEN

Es war ein niedliches Kalb. Polleke stand in einer Ecke des Stalls. Auf dem Rücken hatte sie einen Fleck, der aussah wie ein Sattel. Vorsichtig legte ich einen Arm um ihren Hals. Als ich ihr das Maul streichelte, saugte sie an meinem Finger. Kurz darauf saugte sie meine ganze Hand in ihr Maul. Ich flüsterte ihr ins Ohr: »Du bist meine Polleke.« Es war sooo schön, das zu sagen! Ihr wurde davon genauso schwummrig wie mir. Niemand war dabei. Ich war ganz allein mit meiner Polleke. »Wenn ich dich doch mit nach Hause nehmen könnte«, flüsterte ich ihr ins Ohr. »Dann dürftest du bei mir im Zimmer schlafen. Ich würde dich überall mit hinnehmen. Ich würde dich an der Schule grasen lassen. Und am Untersuchungsgefängnis. Und auf dem Friedhof. Und im Winter würdest du einfach am Ofen bleiben.«

Plötzlich machte Kälbchen Polleke einen spritzenden Strahl, aber das war nicht schlimm. Jeder muss ja mal pinkeln. Ich schlang die Arme fest um ihren Hals und sah ihr in die Augen. Sie hatte wunderschöne Augen mit langen

Wimpern. Sie war das schönste Kälbchen, das es je gegeben hatte.

»Warum besuchen Oma und Opa Spiek nicht?«, fragte ich. »Er ist doch ihr Sohn.«

Ich hatte mein Kalb so lieb, dass ich weinen musste. Ihre Wangen wurden ganz nass.

»Ich weiß schon, warum«, flüsterte ich, »aber ich sag es nicht. Davon werden kleine Kälbchen nur traurig. Später, wenn du so groß bist wie ich, da kommen die traurigen Sachen. Jetzt bist du noch ein kleines, fröhliches Kälbchen.«

Kälbchen Polleke wurde müde und legte sich ins Stroh. Das war schön. Ich legte mich neben sie. Sie versuchte wach zu bleiben, aber die Augen fielen ihr immer wieder zu.

Ich nahm ihr Ohr und flüsterte:

*»Einmal Polleke ist eine Polleke,*
*zweimal Polleke ist zwei Pollekes,*
*für immer zusammen,*
*amen.«*

»Beide Pollekes lagen da und schliefen«, erzählte Opa am Tisch.

»Ach ja«, sagte Oma, »ihr Stadtkinder seid immer so müde!«

»Gar nicht wahr!«, rief ich.

»Lasst uns beten«, sagte Opa und faltete die Hände.

»Herr im Himmel«, sagte er, »wir danken dir, dass Polleke wieder wohlbehalten aus dem Bus gestiegen ist. Und dass sie jetzt ihr eigenes Kälbchen hat. Bitte kümmere du dich um unseren Gerrit, denn wir können es nicht mehr. Amen.«

Eine kleine Weile blieb es still. Ich hörte Oma schniefen.

»Guten Appetit«, sagte Opa.

Oma nahm meinen Teller und füllte mir auf. Der Löffel zitterte.

»Wir müssen versuchen, normal weiterzuleben«, sagte Opa. »Gerrit lebt sein Leben, und wir leben unseres.«

»Spiek ist ein Dichter«, sagte ich. »Daher kommt das alles.«

»Unsinn«, sagte Oma. »Du bist ein Dichter, denn du machst Gedichte. Er macht nur alles kaputt.«

»Marie …«, sagte Opa.

Ich schaute Oma erschrocken an. Ich ballte die Fäuste. Ich hatte Lust, wütend zu werden, aber da sah ich Omas Gesicht. Sie guckte sooo traurig und sooo müde.

»Du bist jetzt elf Jahre«, sagte sie. »Der Traum ist aus. Gerrit ist kein Dichter und wird auch nie ein Dichter werden.«

»Ich hab zwar keinen Glauben«, sagte ich, »aber ich glaube, dass Papa ein Dichter ist.«

»Marie …«, sagte Opa. »Sag jetzt nichts mehr. Polleke kann genauso gut nachdenken wie wir. Vielleicht hat sie ja recht.«

Danach sagten wir nichts mehr. Es war nicht schön am Tisch, denn wir mussten die ganze Zeit an Spiek denken.

Ich bin froh, dass ich mein Kalb gesehen hab. Ich bin auch froh, dass ich bei Oma und Opa gewesen bin.

Aber jetzt bin ich schon wieder zu Hause. Es ist mitten

in der Nacht. Eigentlich müsste ich schlafen, aber es klappt nicht. Wisst ihr, wer mir gerade im Flur entgegengekommen ist? In einem knallroten, gestreiften Schlafanzug und ohne Brille? Weil er genau wie ich aufs Klo musste? Der Lehrer. *Walter,* sage ich mal. »Hallo, Polleke«, hat er gesagt. Mitten in der Nacht! Stellt euch das vor!

Ich hab mich zu Tode erschrocken. Woher sollte ich wissen, dass er über Nacht bleiben würde! Als ich um neun ins Bett gegangen bin, saß er noch im Wohnzimmer. Er schläft im Gästezimmer auf dem Dachboden. Da bin ich mir sicher, denn ich hab die Treppe knarren hören.

Danach konnte ich nicht mehr einschlafen. Weil Sonntagnacht ist. Wie schrecklich! Will der Lehrer morgen von *uns* aus zur Schule? Gehen wir womöglich *zusammen* zur Schule? Da wird einem doch schlecht! Ich könnte schreien!

Warum verstehen Erwachsene nie, was geht und was nicht? Haben sie denn keinen Anstand im Leib? (Das ruft Opa immer zum Fernseher.)

Ach, Kälbchen Polleke, wärst du doch hier! Dann könnte ich mich an dich kuscheln. Vielleicht könnte ich dann schlafen! Aber so? Schlafen?

Wie ein Zombie kam ich nach unten. Der Lehrer und Mama saßen schon frisch am Frühstückstisch.

»Guten Morgen, Polleke«, schmetterten sie im Chor.

»Gmoooooooorrrgggen«, brummte ich zurück. Ich konnte kaum aus den Augen gucken. Und die beiden schnatterten vor sich hin. Himmel, waren die gut gelaunt.

»Machst du dir Sorgen, Polleke?«, fragte der Lehrer.

»JA«, schnauzte ich. »Euer Getue macht mich ganz krank.«

»Was für ein Getue?«, fragte meine Mutter.

»Du weißt genau, was sie meint, Tina«, sagte der Lehrer. »Da gibt's nur eins: so schnell wie möglich heiraten.«

»Ich will nicht heiraten«, sagte ich. »Überhaupt niemanden.«

»Dich meine ich nicht«, sagte der Lehrer. »Ich meine uns.« Er zeigte auf sich und meine Mutter.

»Ha, ha«, sagte ich. »Was sind wir heute komisch.«

»Walter!«, rief meine Mutter. »Meinst du, dass du mir … wie heißt es noch?«

Der Lehrer schob seinen Stuhl zurück, fiel auf die Knie und rief: »Liebe Tina, willst du mich heiraten?«

»Jaja«, sagte ich und kaute auf einem viel zu alten Brot herum. »Dann müssen Sie sich aber erst mal scheiden lassen.«

Der Lehrer guckte mich erstaunt an. »Scheiden lassen?«, fragte er. »Ich bin doch gar nicht verheiratet, du Witzbold.«

Ich fiel fast vom Stuhl vor Verblüffung. So was hatte ich noch nie gehört. Ein Mann in seinem Alter. Nicht verheiratet!

»Tina, wie lautet deine Antwort?«, rief der Lehrer.

»Auch keine Kinder?«, fragte ich.

»NEIN, du Dummi!«, rief meine Mutter.

»Nein?«, fragte der Lehrer ängstlich.

»JA!«, rief meine Mutter.

Sie beugte sich runter und umarmte den Lehrer. »Ja, ich will dich heiraten, mein Ritter der Kreide, mein Prinz des Zeigestocks.«

Ich guckte nach unten. Da sah ich meine liebe Mutter und meinen netten Lehrer, die sich umarmten wie die Blöden. Jetzt war ich mir nicht mehr so sicher, ob der Lehrer auf dem Dachboden geschlafen hatte. Sie küssten sich nicht zum ersten Mal, das sah man gleich.

»Wir müssen es sofort erzählen«, keuchte der Lehrer. Er stand auf. »Ich meine, der Klasse, der Schule, dann ist es vorbei mit dem Getratsche.«

Ich schlug die Hände vors Gesicht. Das war das Ende. Nach diesem Morgen hatte ich kein Leben mehr.

# **NEUNTES KAPITEL**, IN DEM ES DARUM GEHT, DASS ES JETZT ALLE WISSEN UND DASS SPIEK ES AUCH WEISS

Als der Lehrer und ich zur Tür hinausgingen, sah ich Caro. »Hallo«, sagte sie zu dem Lehrer. »Hi, Polleke.«

»Hi«, sagte ich. Ich guckte sie nicht an.

»Pollekes Mutter und ich werden heiraten«, sagte der Lehrer.

Ich seufzte tief. Hätte er damit nicht noch ein BISSCHEN warten können?!

»Aha«, sagte Caro. »Das hatte ich mir schon gedacht, meine Mutter hat nämlich gesagt …«

»Stopp!«, rief ich. »Darauf hab ich jetzt GERADE MAL keine Lust, weißt du? Auf das, was deine Mutter gesagt hat.«

Caro sah mich erstaunt an, aber das war mir egal.

Auf dem Schulhof starrten uns alle an, als wären wir ein Festzug. Oder eine Herde Elefanten oder so. Ich wagte niemanden anzusehen.

In der Klasse war es noch schlimmer, denn der Lehrer guckte viel zu feierlich.

»So«, sagte er. »Bevor wir anfangen, habe ich große

Neuigkeiten für euch.« Ich starrte auf meinen Tisch und wurde knallrot.

»Pollekes Mutter und ich lieben uns. Deshalb werden wir heiraten«, sagte der Lehrer. »Wir sind jetzt verlobt.«

Keiner sagte etwas. Verlobt! Was war das denn schon wieder für ein Wort!

Es blieb unangenehm still. Ich hatte Lust, ganz laut zu schreien.

»Und? Sagt niemand etwas?«

Durch die Wimpern sah ich, dass Mimun aufzeigte. Ich hätte heulen können.

»Ja, Mimun?«, sagte der Lehrer.

»Herzlichen Glückwunsch«, sagte Mimun. »Aber wir wussten es eigentlich schon.«

Dann wurde es wieder still.

»Mein Vater sagt, es ist gut, dass Sie eine Frau gefunden haben«, fuhr Mimun fort. »Und er sagt, es ist gut, dass Pollekes Mutter wieder einen Mann kriegt.«

»Das hat dein Vater gesagt?«, fragte der Lehrer.

»Ja«, sagte Mimun. »Und meine Mutter freut sich auch.«

Ich schaute auf. Mimun sah mich mit seinen schwarzen Augen an. Ich liebe Mimun. Nie wieder werde ich einen Jungen so sehr lieben wie ihn. Das sage ich ganz ehrlich. Es macht nichts, wenn er das liest. Er kann es ruhig wissen.

»Wollen Sie Kinder?«, fragte Caro. »Meine Mutter hat gesagt …«

»HALT!«, sagte der Lehrer. »Immer mit der Ruhe. Erst wird geheiratet, und dann sehen wir weiter. Ja?«

Die Klasse war einverstanden.

Nach der Schule fuhr ich mit dem Rad zum Untersuchungsgefängnis. Spiek hatte seine normalen Sachen an. Und wir saßen in einem normalen Zimmer mit Stühlen und einem Fernseher. Ein nettes Mädchen brachte mir Limonade.

Ich erzählte Spiek von meinem Kälbchen. Ich sagte ein paar Gedichte auf. Und dann erzählte ich ihm mit klopfendem Herzen von Mama und dem Lehrer.

»Das ist schön für Mama«, sagte er. »Tina hat ein bisschen Glück verdient.«

Ich nickte, denn das fand ich auch.

»Hör zu, Polleke«, sagte Spiek. »So ein schlimmer Gauner bin ich nicht, ich komm also bald wieder raus.«

»Schön«, sagte ich, aber ich wusste, dass er noch mehr sagen würde. Und dass das nichts Schönes sein würde.

»Sina will mich nicht zurückhaben«, sagte er.

»Aha«, sagte ich gemein. »Wer wird's denn jetzt? Gina? Oder Ina? Oder Rina?«

Es war ein schlapper Witz, aber ich konnte es nicht lassen.

»Ich geh weg«, sagte Spiek. »Weit weg. Ich muss nachdenken.«

*Mal fällt das Wort wie eine Schneeflocke,*
*mal fällt es wie ein Stein,*
*und dann sagen alle:*
*Still, da fällt ein Wort.*

»Polleke«, sagte Spiek, »kommst du mit mir mit ans Ende der Welt?«

Das Ende der Welt. Ich sah mich neben Spiek hergehen. Mein Kälbchen Polleke hatte ich an einem Band. Wir stiegen über einen hohen Berg. Da lag Schnee, aber es gab auch Blumen. Menschen in bunten Kleidern winkten uns zu. Der Himmel war blau, und wir sangen den ganzen Tag. Es war so etwas wie ein Traum.

Ich wachte auf und sah Spiek an. Du bist lieb, Papa, dachte ich, aber ans Ende der Welt musst du allein.

»Nein, Spiek«, sagte ich. »Ich bleibe bei Mama.«

»Du willst doch Dichterin werden, oder?«, sagte er.

»Ja«, sagte ich.

»Ich komm mit tausend Gedichten zurück«, sagte er.

Ich glaubte ihm, aber nicht mehr ganz so wie früher.

»Ich werd immer mehr haben als du«, sagte ich.

»Wieso?«, fragte er.

»Weil ich schon angefangen hab, Papa, und du nicht.«

Ich küsste ihn und ging nach Hause.

## **ZEHNTES KAPITEL**, IN DEM ES DARUM GEHT, DASS MEIN VATER AUF DEM WEG ZUM ENDE DER WELT IST, DASS DER LEHRER EIN ANSTÄNDIGER KERL IST UND DASS MIMUN UND ICH NICHT ZUSAMMEN GEHEN

Zwei Monate später kam eine Karte aus Belgien.

*Liebe Polleke,*
*ich bin in Antwerpen,*
*ein kleiner, aber wichtiger Schritt*
*auf dem Weg zum Ende der Welt.*
*Gestern hätte ich fast ein Gedicht angefangen,*
*aber dann tat mir die Hand weh.*
*Küsschen, Papa, Spiek*

Ich heftete die Karte über mein Bett. Mit Spieks Wörtern nach vorn, denn das Bild war mir egal.

Auf der Karte war *ein* Fehler.

Da hätte *Meine liebe Polleke* stehen sollen. Nicht *Liebe Polleke.*

Mama kam rein. Sie las Spieks Karte und lachte.

»Ist was?«, fragte ich.

»Ich dachte, der sitzt in Tibet oder so«, kicherte sie. »Dabei hockt er in Belgien!«

Ihr wisst ja, wie geschiedene Leute sind. Immer fies zueinander.

»Er ist auf dem Weg nach Tibet«, sagte ich.

Mama biss sich auf die Lippen. Bestimmt hatte sie eine witzige Bemerkung im Kopf.

»Jetzt ist es aber gut«, sagte ich. »Raus aus meinem Zimmer.«

»Wieso?«, fragte Mama. »Ich hab doch nichts gesagt! Ich bin ganz brav!«

»Dann setz dich mal brav zu Walter.«

Walter, mein Lehrer, saß nämlich unten im Wohnzimmer, müsst ihr wissen. Noch ein paar Monate, dann würden sie heiraten.

Mama nickte. »Gut«, sagte sie. »Ich geh schon.« Sie stand auf, aber sie ging nicht. »Walter ist doch nett, nicht?«, fragte sie.

»Ja«, sagte ich.

»Und auch ganz schön langweilig, nicht?«, fragte sie.

Ich gab keine Antwort.

»Ein anständiger Kerl«, sagte sie.

»Hör mal zu, Mam«, rief ich. »Du willst ihn heiraten. Was willst du von mir hören? Dass er langweilig ist?«

»Sag einfach nichts«, sagte sie. Sie drehte sich um und ging aus meinem Zimmer.

»IRGENDWAS ist auch immer!«, schrie ich ihr nach.

*Ich bin erst elf Jahre,*
*ich würde gern nicht ganz so oft recht haben.*

Ich ging nach unten. Es war Mittwochmittag, Viertel vor zwei. Ich hatte es eilig. »Tschüs«, sagte ich.

»Tschüs, Polleke«, sagte Mama.

»Halt, Polleke«, sagte der Lehrer. »Warte mal.«

Ich sah ihn an und wartete. Heimlich guckte ich auf die Uhr. Ich hatte noch vierzehn Minuten.

»Warum schreist du deine Mutter so an?«, fragte der Lehrer. »Das hört man ja durchs ganze Haus.«

»Ach so«, sagte ich.

»Das gehört sich doch nicht«, sagte der Lehrer.

»Ach so«, sagte ich. Ich sah zu Mama. Mit rotem Kopf starrte sie auf ihre Fingernägel.

»Wenn du deiner Mutter etwas sagen willst, dann gehst du zu ihr hin und sagst es, einverstanden?«

»Einverstanden«, sagte ich.

»Also nicht durch die Tür schreien. Du gehst zu ihr und redest ganz normal«, sagte der Lehrer. »Abgemacht?«

»Abgemacht«, sagte ich. Ich hatte noch dreizehn Minuten.

»Hast du deine Hausarbeiten schon erledigt?«, fragte der Lehrer.

»Nein«, sagte ich.

»Warum machst du die dann nicht erst?«, fragte der Lehrer.

Meine Mutter räusperte sich.

Der Lehrer zog die Augenbrauen hoch und sah sie an.

Dann sah er wieder zu mir. »War ja nur 'ne Frage«, sagte er. »Du musst das selber wissen.«

»Dann geh ich jetzt mal«, sagte ich.

»Viel Spaß, Polleke«, sagte Mama.

»Ja, tschüs«, sagte ich und rannte hinaus. Ich hatte noch zwölf Minuten.

Ich sprang auf mein Rad und flitzte zum Theo-de-Tank-Park am anderen Ende der Stadt. Mimun saß auf einer Bank. Ich warf mein Rad gegen einen Baum und ließ mich keuchend neben ihn fallen. »Hi«, sagte ich.

»Hi«, sagte er.

Mehr nicht. Wir gaben uns keinen Kuss oder so. Ehrlich nicht. Wir gehen schon länger als zwei Monate *nicht* zusammen, müsst ihr wissen. Es ist schon lange aus.

»Warum kommst du so spät?«, fragte Mimun.

»Geht dich nichts an«, sagte ich.

Er nickte langsam.

»Ich konnte nichts dafür«, sagte ich.

»Ich sitze hier so«, sagte er, »und denke mir: Polleke hat einen Unfall gehabt. Und dann kommst du plötzlich doch noch angefahren.«

»Ja«, sagte ich. »Sei froh.«

»Ich hätte es fast nicht mehr ausgehalten«, sagte Mimun.

»Ich bin doch nur fünf Minuten oder so zu spät!«, rief ich.

»Sechs Minuten«, sagte Mimun.

»Na und?«, sagte ich. »Wir *gehen* noch nicht mal zusammen!«

Mimun nickte. Er schaute zu den Bäumen. »Wir gehen

nicht zusammen«, sagte er. »Aber du weißt ganz genau, dass ich dich liebe. Keine andere. Nur dich.«

»Haha!«, schrie ich. »Haha! Glaubst du das etwa, was du da erzählst?«

Darauf sagte er nichts. Er schaute mich nur an mit seinen schwarzen Augen. Ich sah, dass er es glaubte. Und ich glaubte es auch.

*Gut, dass die Menschen nicht verstehn,*
*was alle Bäume rauschen,*
*man kann nur froh sein,*
*dass die Menschen*
*meist nicht lauschen.*

»Du heiratest ein marokkanisches Mädchen«, sagte ich.

»Ja«, sagte Mimun.

»Vielleicht hast du sie schon mal gesehen«, sagte ich.

»Auf einem Foto«, sagte Mimun.

Ich schnappte nach Luft. Er hatte sie auf einem Foto gesehen! Es gab sie wirklich!

Es war, als würde ich von innen erfrieren. »Ist sie schön?«, fragte ich so gleichgültig wie möglich.

»Ja«, sagte Mimun.

Ich hatte Lust, ihm ordentlich eine zu verpassen, aber ich tat nichts. Ich fühlte mich elend. »Gut, dass wir nicht zusammen gehen«, sagte ich, »sonst würde ich dir jetzt mit Vollkaracho eine reinhauen. Und ich würde dich nie mehr angucken. Mistkerl!«

»Du bist die Allerschönste«, sagte Mimun.

Ich sprang von der Bank auf. »HÖR JETZT ENDLICH DAMIT AUF!«, schrie ich. »Sag das von mir aus zu deinem Foto! Idiot!«

Mit dem Rücken zu ihm stand ich da. Ich bin nicht schön. Ich sehe zwar nett aus, aber schön, das ist Quatsch. Meine beste Freundin Caro ist schön, Mimuns Mutter ist schön, Mimun selbst ist schön. Ich nicht.

Und doch spürte ich, dass Mimun mir nichts vormachte.

Er meinte, was er sagte.

Für ihn war ich die Allerschönste.

»So was darfst du nicht mehr sagen«, sagte ich.

»Gut«, sagte Mimun viel zu schnell.

Er stand auf. Wir gingen ein Stück nirgendwohin und gingen wieder zurück. Spazieren gehen nennt man das. Erwachsene sind ganz wild darauf.

## **ELFTES KAPITEL,** IN DEM CARO UND ICH EIN ALBERNES SPIEL SPIELEN UND GAMESH ETWAS DURCH DIE KLASSE RUFT

In der Mittagspause spielen Caro und ich ein albernes Spiel. Wir lachen uns kringelig!

Wenn ein hübscher Junge vorbeiradelt, rufen wir: »Hey, Süßer …« Und wenn er sich dann umdreht, fügen wir hinzu: »… die Glocken nie klingen.« Und dann prusten wir los. Der hier ist auch nicht schlecht: »Hallo, Schatz…« (dreht sich um) »…truhe!« Einmal hält ein Junge an und steigt vom Rad. Da rennen wir natürlich weg! Nein, so ein Vollidiot: abzusteigen! Jungs können sooo dämlich sein. Vielleicht werde ich einfach lesbisch. Dann sollen sie mal sehen, wo sie bleiben.

Letzte Woche ist auch was Merkwürdiges mit einem Jungen passiert. Der war dreizehn oder vierzehn oder so. Wollte andauernd Caro küssen. Das war vielleicht was. Der nervte die ganze Zeit rum: »He, Kleine, gib mir ’nen Kuss.«

»Verpiss dich, du Ekelpaket«, sagte Caro.

»Und dann ab in die Therapie«, sagte ich.

Wir spielten gerade Ball. Plötzlich sprang er dazwischen, schnappte sich den Ball und gab ihn nicht wieder her. »Erst einen Kuss«, sagte er zu Caro. Von mir wollte er zum Glück nichts wissen. Erst dachten wir, der macht nur Spaß, aber nichts da. Das war kein Spaß.

»Gib den Ball her, du Sabbermaul«, sagte Caro, aber das Sabbermaul hielt den Ball ganz fest. Das Gute daran war, dass er die Hände nicht frei hatte. Also sagte ich: »Willst du einen Tritt, dass du eine Woche nicht laufen kannst?«

»Oder willst du eins auf den Zinken?«, fragte Caro.

»Erst einen Kuss«, rief der Schleimbeutel. Er klemmte sich den Ball unter einen Arm. Mit der freien Hand packte er Caro an der Jacke und zog sie zu sich heran. Er machte die Augen zu und spitzte die Lippen. »Jetzt einen schönen Zungenkuss.«

Caro und ich sahen uns an. Gleichzeitig holten wir aus. Caro mit der Faust auf seine Nase, ich mit der Schuhspitze gegen sein Schienbein. Der Ball fiel ihm ganz von selbst aus dem Arm und hüpfte fröhlich Richtung Gehweg. Mit einer Hand fasste der Blödmann sich an die Nase. Mit der anderen fasste er sich ans Bein. Und wir schnappten uns den Ball.

»Aber ein andermal gern«, sagte Caro herzlich.

»Und wenn du Probleme hast: einfach das Kindertelefon anrufen«, sagte ich.

Der Junge holte ein Taschentuch aus der Hosentasche und drückte es gegen seine Nase. Er drehte sich um und stolperte die Straße runter. Als er um die Ecke war, fielen Caro und ich uns in die Arme. Wir zitterten alle beide wie Espenlaub. Denn ein Vergnügen war das natürlich nicht gewesen. So was Schreckliches! Was bildete so ein Typ sich bloß ein? Zum Ballspielen hatten wir jetzt keine Lust mehr.

Mimun hat mich nie angefasst, auch nicht als wir zusammen gegangen sind. Zwei Jahre lang nicht. Dabei hätte er es gedurft.

*Manchmal denk ich doch ein bisschen*
*an deinen Mund, mein Marokkänchen,*
*weißt du noch im Park, das Wegchen*
*und wie nah du warst? Ach jechen!*

Am Nachmittag in der Schule ruft Gamesh auf einmal: »He, Pol, ich hab deinen Vater gesehen.« Quer durch die Klasse. Der Lehrer schreibt gerade was an die Tafel. Die Kreide bleibt in der Luft hängen. Er dreht sich um. »Was hast du gesagt, Gamesh?«, fragt er.

»Ach, gar nichts«, sagt Gamesh.

»Kann doch gar nicht sein, Mann«, sagt Mimun zu Gamesh. »Der ist doch schon fast in Nepal.«

Ich selbst kann gar nichts sagen. Es ist, als würden kleine Nägel in meinen Kopf geschlagen.

Der Lehrer lässt die Hand mit der Kreide sinken. »Du hast etwas gesagt, Gamesh, und ich möchte, dass du es wiederholst.«

Ich kneife die Augen ganz fest zu. Ich sehe hohe Berge mit Lamas. Ich weiß nicht, warum.

»Er hat was zu Polleke gesagt«, sagt Mimun.

»Das habe ich gehört«, sagt der Lehrer.

Ich mache die Augen auf. Der Lehrer guckt mich an.

»Ich hoffe, dass Polleke nicht alles glaubt, was geredet wird«, sagt er.

»Nein«, sage ich. Aber ich weiß nicht, was ich glauben soll. Ich bin ganz durcheinander. Gamesh ist keiner, der andere ärgert. Er sagt nie etwas einfach nur so.

»Gut«, sagt der Lehrer. Er dreht sich um und schreibt an die Tafel:

*Mutterkalb = weibliches Kalb*
*Jährling = einjähriges Kalb*
*Färse = junges weibliches Rind, das zum ersten Mal tragend ist*

Ich schreibe alles in mein Heft ab. Auf meinem Tisch landet ein Zettel.

*Er sah aus wie dein Vater,*
*aber wenn das nicht sein kann,*
*dann war er es nicht.*
*Gamesh*

Der Lehrer dreht sich um. »Dein Kalb, wie nennt man das also?«, fragt er mich.

»Polleke«, sage ich. »Ich meine, äh, Polleke ist ein Mutterkalb.«

»Und wenn es ein Jahr alt ist? Adil?«

»Wer?«, fragt Adil.

»Das Kalb.«

»Welches Kalb?«, fragt Adil.

»Pollekes Kalb, du Penntüte!«, ruft Mehmet.

»WO HAST DU MEINEN VATER DENN GESEHEN?«, rufe ich. Ich kann mich nicht mehr beherrschen.

Es wird still. Alle gucken Gamesh an.

»Vielleicht war er es gar nicht«, sagt Gamesh.

»Das kann sein«, sagt der Lehrer. »Jeder kann sich mal irren. Was meinst du, wo du ihn gesehen hast?«

»Im Einkaufszentrum«, sagt Gamesh.

»In welchem Geschäft?«, fragt der Lehrer.

»Nicht in einem Geschäft, sondern in so 'nem Gang, auf dem Fußboden. Mit anderen Leuten«, sagt Gamesh.

Jetzt werden auch kleine Nägel in mein Herz geschlagen.

»Hat er dich auch gesehen?«, fragt der Lehrer.

»Ja«, sagt Gamesh. Er dreht sich zu mir um.

»Woher weißt du das?«, fragt der Lehrer.

»Weil ich, äh …« Gamesh stockt. Er guckt wieder zu mir rüber.

»Sag schon, Gamesh«, sagt der Lehrer.

»Ich hab gesagt: ›Hallo, Spiek‹, und da hat er auch Hallo gesagt.«

Der Lehrer sieht mich an. »Wenn er wieder da wäre, wär das sehr schön, nicht wahr, Polleke?«

Ich nicke, aber ich bin nicht froh. Wenn Spiek wieder da ist, warum kommt er dann nicht zu mir? Ich habe ein komisches Gefühl im Bauch.

»Wenn er wieder da ist«, sagt der Lehrer, »dann wirst du ihn bestimmt bald sehen, Polleke.«

Ich nicke, aber in meinem Hals sitzt ein dicker Kloß.

Später schreibe ich dem Lehrer einen Zettel.

*Sag Mama bitte nichts davon,*
*sonst sagt sie, dass Spiek nichts taugt.*

Der Lehrer schreibt zurück:

*Ich sage nichts, und sei bitte nicht traurig.*
*Erwachsene müssen auf sich selbst aufpassen.*

Ich gehe nach Hause. Mama ist noch nicht da, deshalb kann ich sofort wieder weg. Ich fahre zum Einkaufszentrum. Der Lehrer hat gut reden. Er ist ein Erwachsener. Spiek nicht. Spiek ist ein Dichter.

## **ZWÖLFTES KAPITEL**, IN DEM ES DARUM GEHT, DASS ICH BÄUME LERNE, DASS ICH SCHÖN BETEN KANN, DASS MAN MANCHE SACHEN NICHT DARF, ANDERE ABER WOHL, UND DASS DER LEHRER MANCHMAL NICHT DER LEHRER IST

Oma brachte mir die Namen der Bäume im Garten bei. Jetzt kannte ich die Erle, den Holunder, die Pappel, die Esche, die Linde und den Ahorn. Am Anfang fand ich, die Bäume sähen alle gleich aus. Ich dachte, ich würde sie nie auseinanderhalten können. Aber jetzt fand ich es einfach. Sie sahen überhaupt nicht gleich aus!

»Genau wie die Schwarzen«, sagte Oma. »Die sehen auch nicht mehr gleich aus, wenn man sie einmal kennt.«

Ich erschrak, denn das war ja Rassismus. Zum Glück war außer mir niemand dabei.

Opa kam raus und sagte: »Ratet mal, wer da gerade am Telefon war!«

Oma und ich sagten nichts.

»Gerrit«, sagte Opa. Gerrit, das ist eigentlich Spiek.

»Wo war er?«, fragte ich.

»Weiß ich nicht«, sagte Opa. »Er braucht Geld, das weiß ich wohl.«

Oma seufzte. »Der kriegt nichts. Du weißt ja, wo das bleibt.«

Opa nickte.

»Ich konnte ihn nirgends finden«, sagte ich. »Ich hab das ganze Einkaufszentrum abgesucht. Und bei den Männern, da hab ich auch gefragt.«

»Bei was für Männern?«, fragte Opa.

»Die da sind«, sagte ich. Ich meinte diese Männer, die da rumsitzen und trinken und rauchen. Obdachlose und Junkies. Aber das sagte ich natürlich nicht zu Opa, denn der hätte bloß einen Schreck gekriegt.

»Na ja«, sagte Opa. »Ich soll dir sagen, dass du dir keine Sorgen machen sollst. Und dass er schon fast ein Gedicht hat.« Ich konnte Opa ansehen, dass er sich große Sorgen machte.

»Erwachsene müssen auf sich selbst aufpassen«, sagte ich.

Eine ganze Weile sagten wir gar nichts. Bei Oma und Opa ist es immer windig. Die Bäume machen eine Menge Krach. Wenn man nichts sagt, hört man, wie es einem in den Ohren rauscht.

»Komm«, sagte Opa, »wir gehen Polleke abholen.«

Ich erschrak ein bisschen, denn ich war doch schon da. Einen Moment dachte ich, Opa ist senil geworden.

»Na komm«, sagte er. Er nahm mich an die Hand und zog mich mit sich.

Ich drehte mich zu Oma um, aber die winkte, also war alles in Ordnung.

Wir gingen zu Bauer Kalverboer, und da erst begriff ich es. Wir gingen Kalb Polleke abholen! Abholen! Nicht zu fassen! Und wo gingen wir dann hin? Ich fragte nicht nach, denn Opa will mich immer überraschen.

Kalb Polleke war schon wieder gewachsen! Ich kletterte zu ihr in den Stall. Sie war so froh, mich zu sehen, dass sie mich fast umstieß. Mann, war die stark geworden! Um den Hals hatte sie einen Riemen. Daran hielt ich mich fest. Ich steckte die Nase in ihr Fell. Sie roch so gut, das könnt ihr euch gar nicht vorstellen.

»So«, sagte Bauer Kalverboer, »jetzt noch 'nen Strick dran und dann soll's wohl gehen, hm?«

»Ja, sicher«, sagte Opa.

Ich musste zur Seite treten. Dann befestigte Bauer Kalverboer einen Strick an Pollekes Halsband. Er machte die Tür von Pollekes Stall auf.

»Jetzt nicht ziehen«, sagte Bauer Kalverboer. »Ruf sie mal.«

»Polleke?«, sagte ich. »Kommst du mit?«

Und sie kam! Vorsichtig trat sie aus dem Stall und ging hinter mir her nach draußen. Das war vielleicht ein tolles Gefühl! Dass sie so einfach mit mir mitwollte! Ich merkte, wie meine Wangen glühten.

»Bis morgen!«, rief Bauer Kalverboer mir nach.

Bis morgen? Wo gingen wir denn bloß hin?

Opa lachte ein bisschen über mein Gesicht. Ich hab wohl ziemlich dumm aus der Wäsche geguckt.

Da gingen wir also. Von Bauer Kalverboers Hof runter. Die Straße entlang. Als ich Oma am Zaun stehen sah, wusste ich es. Wir nahmen Polleke mit nach Hause! Plötzlich wurde mir total schwummrig. Von den Füßen bis zum Kopf wurde alles schwummrig. Als ob ich Geburtstag hätte, nur viel schlimmer. Wir nahmen Polleke mit nach Hause! Sie würde bei uns übernachten! Das war sooo großartig, dass ich gar nicht wusste, was ich sagen sollte.

Oma machte uns das Tor vom weißen Zaun auf, und wir gingen auf den Hof. Wir stellten Polleke auf eine abgetrennte kleine Wiese, wo viel Sonne war, wo aber auch ein Ahornbaum stand, der Schatten spendete. Ich blieb den ganzen Tag bei Polleke. Ich spielte mit ihr. Ich striegelte sie. Ich gab ihr zu trinken, und wir lagen nebeneinander in der Sonne. Als es Zeit zum Essen war, fragte ich, ob ich bei Polleke essen durfte.

»Nein, Polleke«, sagte Opa. »Gegessen wird am Tisch.«

»Ooooch«, jammerte ich.

Aber es nützte nichts.

»Möchtest du beten?«, fragte Opa, als wir am Tisch saßen.

»Ja«, sagte ich. »Dass ich später einen Bauernhof hab. Dass Polleke bei mir wohnt. Und dass sie nie geschlachtet wird.«

»Amen«, sagte Opa.

»Hab ich jetzt schon gebetet?«, fragte ich. »Ich hab die Augen gar nicht zugemacht!«

»Das braucht man auch nicht«, sagte Oma.

»Was betest du für Gerrit?«, fragte Opa.

»Ach ja«, sagte ich. Ich machte die Augen zu. »Dass Spiek mir auf meinem Bauernhof seine Gedichte vorliest.«

»Amen«, sagten Oma und Opa gleichzeitig.

»Für jemanden, der keinen Glauben hat, kannst du gut beten«, sagte Opa. Er häufte sich den Teller voll Kartoffeln.

»Ja, du betest sehr schön«, sagte Oma.

Ich sah, dass sie es ernst meinten, und darauf war ich stolz.

Als die Sonne unterging, brachten wir Polleke in den Stall. Wie bei vielen Bauernhöfen in der Gegend ist der Stall im Haus. Opa hatte Stroh bereitgelegt, auf dem Polleke liegen konnte. Da hatte ich eine Idee. Ich war mir fast sicher, dass ich nicht durfte. Ich fragte: »Darf ich bei Polleke schlafen?«

Und das durfte ich dann wohl! Verrückt, was?

Oma legte eine Matratze ins Stroh. Ich bekam einen Schlafsack, und da lag ich dann. Zusammen mit meiner Polleke im Stroh. Sie lag so nah bei mir, dass ich meinen Kopf auf ihren Rücken legen konnte. Es dauerte lange, bis ich einschlief, so schön war es. Am nächsten Morgen sagte Oma, dass ich nach Kalb roch. Deshalb wollte ich mich extra nicht waschen.

*Vielleicht war es nicht so schlimm für Jesus*
*und Maria im Stall bei all den Tieren,*
*denn ich glaub, ein Rinderbett*
*finden die meisten Kinder nett.*

Als ich Sonntagabend nach Hause kam, hörte ich meine Mutter schreien. »DAS GEHT DICH ÜBERHAUPT NICHTS AN. DAS BESTIMME IMMER NOCH ICH.«

Dann der Lehrer: »ICH SAG JA NUR, DASS MAN ES AUCH ANDERS MACHEN KANN.«

»ABER DAMIT MEINST DU, DASS MAN ES ANDERS MACHEN *MUSS!*«, schrie meine Mutter. »IMMER WEISST DU ALLES BESSER, DU SCHULMEISTER!«

Und so ging das Geschrei weiter. Ich ballte die Hände zu Fäusten. Ich wurde sooo wahnsinnig wütend. Sie wussten genau, dass ich um acht nach Hause kommen würde. Und was taten sie? Um acht Uhr rumstreiten. Ich stampfte hinein, schmiss meinen Rucksack auf den Boden und schrie: »HALTET DIE KLAPPE!«

Sie guckten mich an, als käme ich vom Mond.

»Das geht aber auch ein bisschen leiser, Polleke«, sagte der Lehrer.

»DU AUCH!«, rief ich atemlos vor Wut. »DU HÄLTST AUCH DEN MUND! Ich hab sehr schöne Sachen erlebt, aber ich erzähle euch nichts, ich will nämlich nichts mit euch zu tun haben.«

Ich drehte mich um und wollte nach oben gehen.

»Warte, Polleke«, sagte Mama. »Warte. Komm, Mädchen, komm mal her.« Sie breitete die Arme aus.

Ich ging zu ihr. Sie zog mich an sich und küsste mich. Sie roch nach Wein, und das mag ich nicht. »Du riechst nach Bauernhof«, sagte sie. »Wie war's?«

Ich machte mich los. »Schön«, sagte ich. Ich hatte keine Lust, etwas zu erzählen.

»Wir haben uns ein bisschen gestritten«, sagte der Lehrer.

»EIN BISSCHEN?«, rief ich. »Bis auf die Straße hat man das gehört!«

»Nicht so schreien«, sagte der Lehrer.

Das hat der tatsächlich gesagt: »Nicht so schreien.« Das hättet ihr mal hören sollen. »Hier bist du nicht der Lehrer«, sagte ich leise. »In der Schule bist du der Lehrer. Hier nicht. Hier bist du Walter. Und mein Vater bist du auch nicht. Ich wohne hier. Du nicht. Ich schreie hier. DU NICHT!«

»JA, JETZT IST SCHLUSS, DU NASEWEIS!«, schrie meine Mutter den Lehrer an. »JETZT MACH DICH VOM ACKER, UND ZWAR EIN BISSCHEN PLÖTZLICH!«

»Ma-am!«, versuchte ich sie zu beruhigen.

Aber meine Mutter stand auf und zeigte zur Tür.

»Jaja, ist ja gut«, sagte der Lehrer. »Ich geh ja schon.« Er stand auf. »Mit dir kann man sowieso nicht vernünftig reden.«

»Jetzt ganz ruhig, Mam«, sagte ich, denn es lief alles ganz verkehrt.

»Nein, ich bleibe nicht ruhig!«, rief meine Mutter. »Ich hab jetzt keine Lust, ruhig zu bleiben. Der Herr Lehrer bildet sich ein, er könnte mir und meinem Kind Vorschriften machen. Der Herr Lehrer geht JETZT zur Tür hinaus.«

Der Lehrer ging. Er war bleich im Gesicht. Mit einem Knall fiel die Haustür ins Schloss.

Meine Mutter ließ sich aufs Sofa fallen. Sie stöhnte, als müsste sie sterben.

»Mein Gott!«, rief sie. (Sie hat keinen Glauben, das nicht.) »Was für ein Nörgelpott. Ich langweile mich zu Tode mit dieser Trantüte.«

Ich hatte keine Lust zu reden. Ich gab ihr einen Kuss auf die Wange. »Gute Nacht, Mam«, sagte ich und ging ins Bett.

Kurz darauf klopfte sie an meine Tür.

»Nein!«, rief ich. »Ich will keinen mehr sehen und hören.«

»Ja«, sagte sie, »das kann ich verstehen, aber ich hab so ein schlechtes Gewissen.«

»Das sollst du auch!«, rief ich.

»Ooooooch, Polleke, ooooooooch!«, quengelte sie.

Wer könnte da hart bleiben?

»Na, dann komm«, sagte ich.

Sie krabbelte unter die Decke, legte sich an meinen Rücken und drückte mich an sich. »Du stinkst drei Meilen gegen den Wind«, sagte sie.

Ich drückte die Nase in meine Hände und roch Polleke.

## **DREIZEHNTES KAPITEL**, IN DEM ES DARUM GEHT, DASS VIEL ZU VIEL PASSIERT, WORAN MAN DENKEN MUSS, UND UM EINEN ZAHN, DER NICHT DA IST

Ich sitze noch nicht auf meinem Platz, als der Lehrer mir einen Zettel gibt.

*Liebe Polleke,*
*es tut mir leid wegen gestern. Das war nicht schön für dich. Wenn man sich streitet, weiß man manchmal nicht, wie man wieder aufhören soll.*
*Sollen wir nach der Schule zusammen Spiek suchen gehen?*
*Walter*

Walter! In der Schule heißt er überhaupt nicht Walter.

Ich glaube nicht, dass Spiek es schön fände, von dem Lehrer gefunden zu werden. Deshalb schreibe ich zurück:

*Lieber nicht.*
*Polleke*

Da hättet ihr mal sein Gesicht sehen sollen! Wie sieben Tage Regenwetter! Mir wurde ganz schlecht davon. Erwachsene sind sooo kindisch! Die sagen sooo oft Nein zu mir. Aber wenn *ich* mal Nein sage, dann ziehen sie so ein Gesicht!

Ich versuche mich nicht weiter darum zu kümmern, aber das ist schwierig. Er ist ein bisschen traurig, und das kann ich nicht gut haben. In der Mathestunde zeichnet er eine mittelalterliche Burg an die Tafel. Ich rufe: »Das ist aber ein schönes Bild!« Und schon guckt er wieder fröhlich. Na ja, Kinderspiel!

Beim Rechnen schludere ich rum. Es gibt so viele Sachen, an die ich denken muss! An Spiek. An Mamas Streit mit Walter. An Polleke. An Mimun, mit dem ich nicht gehe. An Greetje, die ihr Kalb nicht sehen darf. An Caro, die ich bei all dem Stress manchmal fast vergesse.

Neulich hingen wir zusammen an einer Mauer rum. Wir quatschten über dies und das. Da sagte Caro: »Eigentlich hab ich Evert lieber als Hans.«

Das verschlug mir die Sprache. Evert ist der Freund ihrer Mutter. Hans ist ihr Vater.

»Wieso das denn?«, fragte ich.

»Ich weiß nicht«, sagte sie. »Hans ist ja auch lieb, echt.«

Ich wartete, denn ich sah, dass sie nachdachte.

»Evert wollte eigentlich kein Kind, aber jetzt ist er froh, dass es mich gibt«, sagte sie.

Ich nickte. Klar war er froh! Zumindest sind immer alle unheimlich froh, dass es *mich* gibt.

»Und Hans auch«, sagte Caro.

»Na«, sagte ich, »dann ist doch alles in Ordnung, oder?«

»Ja, eigentlich schon«, sagte Caro. Aber ich sah ihr an, dass doch nicht alles in Ordnung war. Also wartete ich wieder ab.

»Es ist ungerecht«, sagte sie. »Evert ist jeden Tag da. Er räumt mein Zimmer auf. Mama will, dass ich's selbst mache, aber er macht es. Er bringt mich zum Ballett. Er holt mich wieder ab. Er macht alles.«

»Ach so«, sagte ich. Jetzt gefiel mir das Gespräch nicht mehr so gut. »Sollen wir was anderes machen?«, fragte ich. Caro blieb an der Mauer stehen.

»Manchmal sag ich aus Versehen Papa zu ihm«, sagte sie.

»Kann passieren«, sagte ich beklommen.

Ich wollte nicht weiterreden. Ich dachte an den Lehrer. An Walter, der Mama heiraten würde. Würde ich ihn eines Tages lieber haben als Spiek? Nein, nie, nie, nie! Selbst wenn der alles für mich tun würde. Selbst wenn er jeden Tag da wäre und Spiek nicht. NIE! Würde ich aus Versehen Papa zu ihm sagen? NIE, ÜBERHAUPT NIE UND NIMMER! Ich kriegte so ein ekliges Gefühl davon, dass ich dachte: Vielleicht ist es ja bald wieder aus! Vielleicht heiraten sie ja gar nicht! Da fühlte ich mich noch ekliger. Wie gemein, so was zu denken!

»Und wenn mir das rausrutscht«, sagte Caro, »dann versucht er nicht zu zeigen, wie sehr ihn das freut. So süß! Deshalb sage ich immer öfter aus Versehen Papa.«

Caro ist ja ein nettes Mädchen, aber manchmal könnte ich ihr echt eine reinhauen!

»Tu mal, was du nicht lassen kannst«, sagte ich wütend.

Caro guckte mich verdutzt an. Mir war klar, dass sie überhaupt nichts kapierte. Spiek, dachte ich, dann komm doch zurück, du Dummer.

Zum Glück bin ich gut im Rechnen. Sonst wäre es ein großer Mist geworden. Ich bin mit meinen Gedanken nicht bei der Sache. Aber das macht ja auch nichts. Wenn ich falsch gerechnet hab, denkt der Lehrer sowieso, dass er dran schuld ist. Gut so. Soll er das ruhig denken.

Draußen wartet Mimun auf mich. Das will ich nicht, denn dann glauben alle, dass wir wieder zusammen gehen. »Soll ich dir helfen, Spiek zu suchen?«, fragt er.

Meine Güte, warum wollen die mir alle helfen? Ich sage: »Lieber nicht.« Das Gesicht hättet ihr sehen sollen! Wie sieben Tage Regenwetter! Ich gehe schnell nach Hause.

Mama ist am Telefon. »Ja, weißt du, Sina«, sagt sie, »woher soll ich das wissen? Meine Kinder sind es ja auch nicht. Da musst du ihre Mutter …«

Am anderen Ende ist Sinas Stimme zu hören.

Mama seufzt.

»Tja«, sagt sie. »Dann weiß ich es auch nicht.«

Mir ist sofort klar, worum es geht. Um Dirk und Elke, meine Geschwister, die beiden, die Spiek mit zu Sina genommen hat.

Wieder ertönt Sinas Stimme schrill durchs Telefon.

»Sina«, sagt Mama streng, »es hat überhaupt keinen Sinn, dass du jetzt auf *mich* wütend wirst …«

Sie hört sich Sinas Gekeife noch eine Weile an, dann knallt sie den Hörer auf.

»Mannomann«, stöhnt sie, »was ist das für ein grässliches Weibsbild!«

Ich halte den Mund. Ich stimme jetzt *nicht* in ihr Gemecker mit ein. Ich gieße den Tee ein, aber ich kleckere.

*Es gibt zu viele Dinge*
*zum Meckern*
*und viel zu viele*
*zum Teeverkleckern.*

Also sage ich: »Dirk und Elke können doch hier wohnen.«

Ich bin ein nettes Mädchen, aber manchmal könnte ich mir eine reinhauen! Mit Tränen in den Augen trinkt Mama ihren Tee. Dirk und Elke haben drei Jahre bei uns gewohnt, und Mama vermisst sie immer noch jeden Tag.

Kurz darauf zieht sie ihre Jacke an. »Muss noch schnell was holen«, sagt sie. Ich sehe, wie sie draußen ihr Rad aufschließt und wegfährt.

Ich gehe auf die Straße und lande mitten in einem Traum. Denn da kommt Spiek die Straße entlang. Neben ihm geht eine Frau, aber das kümmert mich nicht. Ich renne auf Spiek zu und fliege ihm in die Arme. Gleichzeitig hämmere ich mit den Fäusten auf seinen Kopf ein. »Wo warst du denn, he?«, schreie ich. »Wo hast du gesteckt?«

Spiek sagt nichts. Er drückt mich an sich und küsst mich aufs Haar. »Ich wollte ans Ende der Welt«, flüstert er, »aber ich muss erst den Anfang finden.«

Ich halte die Luft an, denn was er da sagt, ist fast ein Gedicht.

Spiek setzt mich wieder ab. »Das ist Diana«, sagt er. Er macht eine Kopfbewegung zu der Frau neben ihm. »Ich nenn sie der Einfachheit halber Dina.«

Ich schüttele Dinas magere Hand und schaue sie an. Sie hat eine Wollmütze auf. In ihrer Lederjacke sind ein paar Löcher.

»Du bist also die Polleke«, sagt sie. Ich höre sofort, dass sie nicht aus Holland kommt.

»Dina kommt aus Antwerpen«, sagt Spiek. »Aber sie zieht hierher. Wir suchen uns ein Haus, und dann ist die Sache geritzt.«

»Aha«, sage ich.

»Bis dahin schlafen wir bei Freunden«, sagt Spiek.

»Bei was für Freunden?«, frage ich.

»Kennst du nicht«, sagt Spiek.

Dina sieht sich nervös um.

»Dina nimmt ein bisschen zu viel«, sagt Spiek, »aber nächste Woche macht sie einen Entzug.«

»Nächsten Monat«, sagt Dina. »Warum sagst du immer, nächste Woche?«

Ich weiß nicht, was ich sagen soll. Ein Junge kommt auf dem Fahrrad vorbei. Ich rufe: »Hey, Süßer …« (der Junge dreht sich um) »… Kuchen.«

Dina lacht. Ihr fehlt ein Zahn.

»Hast du Lust auf Kuchen?«, fragt Spiek. »Ich lad dich ein.« Er nimmt meine Hand, und wir gehen die Straße runter.

»Hast du denn auch Geld?«, frage ich.

»Na klar«, sagt Spiek. »Hab grad ’ne Bank überfallen.«

Früher musste ich über Spieks Späße immer lachen.

Wir gehen ins Café. Ich darf mir ein Stück Kuchen aus so einem Glaskasten aussuchen. Ich nehme eins mit viel Sahne. Spiek will ein Blätterteigstück, und Dina will nur Kaffee.

»Wie viele Gedichte hast du schon?«, frage ich, während ich mit der Gabel in meinem Kuchen grabe. »Spiek ist nämlich Dichter, musst du wissen«, sage ich zu Dina.

Dina macht ein kratzendes Geräusch mit der Kehle. Ich sehe sie an. Das Gekratze bedeutet, dass sie lacht. »Warum lachst du?«, frage ich.

»Hör zu«, sage ich zu Dina.

*»Es gibt immer eine Luft*
*für meine Schlösser*
*und immer auch ein Plätzchen*
*für Polleke, mein Schätzchen.*

Das ist von Spiek, für mich«, sage ich.

Dina fängt wieder an zu kratzen.

»Ich stecke voll guter Ideen«, sagt Spiek. »Es ist nur noch eine Frage des Aufschreibens.«

Dina zündet sich eine Zigarette an und saugt heftig daran. Sie dreht sich zur Eingangstür um, dann wieder zu Spiek und dann wieder zur Eingangstür.

»Aber vielleicht schreib ich ein Buch«, sagt er. »Ich hab so viel erlebt.«

»Jaaa!«, rufe ich. »Mach das! Wann fängst du an?«

»Vielleicht schon nächste Woche«, sagt Spiek.

»Oder nächsten Monat«, sagt Dina.

Ich sehe von meinem Kuchen auf. Ich schaue Dina lange an. Sie guckt bestimmt zweimal zur Tür und dann wieder zu Spiek. Ich weiß nicht genau, warum, aber ich fühle so was wie Wut im Bauch.

»Was ist denn mit deinem Zahn passiert?«, frage ich. »Hast du dich aufs Maul gelegt?«

Es tut mir sofort leid, denn ich sehe ihr an, dass sie das nicht schön findet.

Ich steche wild mit der Gabel in den Kuchen und schaufele ihn mir so schnell wie möglich rein.

## **VIERZEHNTES KAPITEL**, IN DEM DREI GULDEN FEHLEN UND MIMUN MICH ERSCHRECKT, ICH DANN ABER SEHR FROH DARÜBER BIN

Spiek bekam die Rechnung und sah in sein Portemonnaie. »Dina«, sagte er, »ich hab ein paar Gulden zu wenig.«

Wütend drückte Dina ihre dritte Zigarette aus. »Von mir kriegst du keinen Cent«, zischte sie.

Es war, als würde ich erfrieren. Kennt ihr das? Ich konnte mich plötzlich nicht mehr bewegen. Mein Mund klappte auf. Mein Blick wurde starr. Spiek hatte nicht genug Geld, um zu bezahlen!

»Ich zahle meinen Kaffee, und fertig«, sagte Dina. Sie steckte sich noch eine Zigarette an.

»Hmm«, sagte Spiek. Er sah mich nicht an. »Könntest du mir vielleicht einen Gefallen tun, Polleke?«

Ich schmolz wie Schnee an der Sonne. Ich sprang auf. »Wie viel?«, fragte ich.

»Drei Gulden«, sagte Spiek.

Ich rannte hinaus, ich rannte und rannte, aber ich wusste nicht, wo ich hinsollte. Mama war nicht zu Hause, ich rannte auf gut Glück in unsere Straße.

»Caroooo!«, schrie ich, als ich Caro sah. »Hast du Geld?« Schnaufend blieb ich vor ihr stehen.

»Wofür?«, fragte Caro.

»Dafür«, sagte ich. »Du kriegst es morgen zurück.«

»Wie viel?«, fragte Caro.

»Drei Gulden.«

Caro guckte in die Luft, dann aufs Straßenpflaster, dann zu einem vorbeifahrenden Auto. »Ich hab nichts«, sagte sie schließlich.

»DANN SAG DAS DOCH GLEICH!«, brüllte ich und rannte weiter.

»Heee, wo willst du denn hin?«, schrie Caro. Sie fing auch an zu rennen, aber sie kam nicht mit. Ich rannte einfach irgendwohin und landete vor der Schule. Drinnen sah ich Licht, also rannte ich hinein.

In einem Raum saßen alle Lehrer und Lehrerinnen im Kreis. Zum Anklopfen hatte ich keine Zeit. Ich riss die Tür auf, sah den Lehrer an und rief: »Hallo?«

Auf einmal war es beängstigend still. Alle guckten mich an. Langsam, wie in Zeitlupe stand Walter auf. Langsam, langsam wie eine Schnecke kam er auf mich zu. Er kam in den Gang und machte die Tür hinter sich zu.

Ich streckte die Hand aus und sagte: »Drei Gulden.«

Er guckte mich verdutzt an.

»Bitte«, flüsterte ich.

Er fragte nichts, er holte sein Portemonnaie aus der hinteren Hosentasche. Er gab mir einen, zwei, drei Gulden. Er wollte sich umdrehen und wieder zu den anderen Lehrern gehen. Aber ich fand ihn sooo lieb! Ich fasste ihn um den

Hals und zog sein Gesicht zu mir heran. Ich küsste ihn auf die Wange, und dann ging ich schnell weg.

Keuchend kam ich ins Café gerannt und gab Spiek die drei Gulden. Dina war weg. »Danke, Polleke«, sagte Spiek. »Mensch, bist du aber schnell!«

Er bezahlte, und wir gingen.

Ich war natürlich neugierig, wo Dina geblieben war. Aber ich dachte an den Lehrer. Der hatte nichts gefragt, und das war sooo super! Also hielt ich den Mund fest verschlossen und fragte nichts. Meine Beine zitterten, solche Angst hatte ich gehabt, weil Spiek nicht bezahlen konnte.

»Ich hab noch viel zu erledigen«, sagte Spiek. »Kannst du morgen Hilletje, Elke und Dirk abholen? So ungefähr um diese Zeit? Dann treffen wir uns bei dir in der Straße.«

»Nein«, sagte ich. »Morgen kann ich nicht. Da fahr ich zu Oma und Opa.«

»Ach, Mann«, sagte Spiek. »Ich bin doch gerade erst wieder da. Kann das nicht einen Tag warten?«

Manchmal hab ich ganz plötzlich keine Wörter mehr. Ich suche in meinem Kopf, aber ich finde nicht eins. Es ist wie eine Wüste mit lauter Sand und keiner einzigen Pflanze.

Ich dachte an Omas und Opas Bauernhof. An das Kalb Polleke. An Greetje und an Gott. Und plötzlich waren wieder Wörter da.

*Bitte mach, dass Spiek versteht, was ich jetzt sage.*
*Amen.*

»Papa«, sagte ich. »Ich hab ganz viele Tage auf dich gewartet. Morgen fahr ich zu Oma und Opa.«

Ich guckte ihn an und sah, dass er traurig war. Das war ein scheußliches Gefühl, aber ich wusste ganz genau, dass ich morgen zu Oma und Opa fahren würde. Ich würde *nicht* zu Hause bleiben, was Spiek auch sagen würde.

»Du hast Oma und Opa wohl sehr lieb, was?«, sagte Spiek.

»Ja«, sagte ich.

»Nervt dich das nicht, dieser Quatsch mit Gott und so?«, fragte er.

»Überhaupt nicht. Ich kann sehr gut beten. Du könntest zum Beispiel auch zu Oma und Opa kommen, und dann …«

»Nee«, sagte Spiek. »Ich hab noch eine Menge zu tun.«

»Ach so«, sagte ich.

»Na denn«, sagte Spiek. Er hielt mich fest und wollte mich hochheben. Aber mittendrin fingen seine Arme an zu zittern. Er stöhnte. Er setzte mich ab. »Uff«, sagte er, »bist du schwer geworden!« Schweißperlen standen ihm auf der Stirn. »Sehen wir uns dann Montag?« Er beugte sich vor und küsste mich auf die Nase.

»Gut«, sagte ich.

Ich winkte ihm nach, bis er um die Ecke gebogen war. Da erst sah ich, dass er dünn geworden war.

Ich saß im Zug zu Oma und Opa, als mir jemand auf die Schulter tippte. Ich sah auf und erschrak zu Tode. Es war Mimun!

»Was machst du denn hier?!«, rief ich.

Er ließ sich neben mich auf den Sitz fallen und sagte

nichts. Sein Gesicht war ganz blass. So, wie er aussah, hatte er bestimmt geweint, aber ich tat so, als hätte ich das nicht bemerkt.

»Wo fährst du hin?«, fragte ich leise.

Er zuckte mit den Schultern. Ich fragte mich, ob er gewusst hatte, mit welchem Zug ich fahren würde, aber ich fragte nicht nach. Ich machte mir Sorgen, aber ich war auch sehr froh, dass er neben mir saß. Wenn Mimun da ist, lächelt mein Mund von allein. Ganz merkwürdig. Ich kann nichts dagegen tun.

»Ich bin hier geboren«, sagte er. »Ich spreche genauso gut Niederländisch wie du.«

»Fast so gut«, sagte ich, um ihn aufzuziehen.

»Genauso gut!«, sagte er.

»Seit wann?«, fragte ich.

Er guckte mich von der Seite an und lächelte. Er ist sooo lieb, wenn er mich anlächelt! Echt wahr! Mann, spannte der Junge mich auf die Folter! Warum sagte er nichts? Warum saß er mit mir im Zug? Warum hatte er geweint?

»Ich gehe mit dir und mit keiner anderen«, sagte er. »Und ich will dein Kalb sehen.«

»Hä?«, sagte ich. »Was hast du gesagt?«

»Ich will dein Kalb sehen«, sagte er.

»Nein, davor, was hast du davor gesagt?«

»Das hast du ganz gut verstanden«, sagte Mimun.

»Nein«, sagte ich. »Hab ich nicht verstanden, wegen deiner komischen Sprache.«

Er guckte mich wieder schief von der Seite an. Er lächelte. Davon wurde mir schwummrig.

»Ich gehe mit dir und mit keiner anderen«, sagte er.

Ich guckte schnell in die andere Richtung. Ich hatte Angst, dass ich jetzt erst mal eine Runde heulen müsste. Meine Augen waren ein bisschen feucht.

»Aha«, sagte ich. »Und was sagen dein Papi und deine Mami dazu?«

Mimun antwortete nicht, und da hatte er auch recht. Es war eine dumme Frage, weil ich die Antwort sehr gut kannte.

»Hast du jetzt Krach zu Hause?«, fragte ich.

»Ein bisschen«, sagte er.

Jetzt wusste ich, warum er geweint hatte.

»Ich hatte das schon lange vor«, sagte er. »Ich hab Geld für den Zug gespart. Aber ich wusste nicht, ob ich mich trauen würde.«

Er hatte sich getraut.

»Ich hab gesagt, dass ich dein Kalb sehen will, aber das haben sie nicht erlaubt. Da bin ich aus dem Haus gelaufen. Meine Mutter hat mir hinterhergerufen, aber ich bin weitergerannt.« Er sah aus dem Fenster, und ich wusste, dass er sehr traurig war.

»Ich hab versucht, nicht mit dir zu gehen«, sagte er. »Ich hab es echt versucht.«

Auf der ganzen Erde und im ganzen Weltall gibt es keinen lieberen Jungen als Mimun. Echt nicht. Vorsichtig nahm ich seine Hand und hielt sie fest. Es war eine kleine Hand, ein ganz bisschen kleiner als meine.

*Alles ist gut so, wie es ist:*
*Ein Fisch gehört ins Wasser,*
*ein Vogel in die Luft,*
*eine Hand in meine – seine.*

Oma rief sofort Mimuns Eltern an. Am anderen Ende der Leitung hörte ich Gezeter. Aber Oma blieb ruhig. So was kann sie immer gut.

»Sie gucken sich das Kalb an, weiter nichts«, sagte Oma. Und: »Wir essen früh, und danach setze ich ihn eigenhändig in den Zug.« Und: »Nein, wir essen selbst auch kein Schweinefleisch.«

Als wir am Tisch saßen, faltete Opa die Hände, machte die Augen zu und sagte: »Herr im Himmel, wir danken dir, dass Polleke und Mimun wohlbehalten aus dem Bus gestiegen sind. Bitte hilf, dass Mimun und seine Eltern sich wieder vertragen. Bitte hilf, dass Gerrit glücklich wird, wenn das möglich ist. Und Tina auch. Amen.«

Er sah auf. »Wollt ihr auch noch beten?«, fragte er.

»Ja«, sagte ich. »Ich.«

Ich faltete die Hände, machte die Augen zu und sagte:

»Für immer zusammen,
amen.«

# Es gefällt
# mir auf der Welt

## **ERSTES KAPITEL**, IN DEM ES UM DAS GLAS VORM KÜCHENFENSTER GEHT UND UM DIE FRAGE, WARUM BEI MÄNNERN ÜBERALL HAARE WACHSEN

Caro sagt, sie hat zu Hause ein Tagebuch, in dem sie all ihre Geheimnisse aufschreibt. Geheimnisse! Da bin ich aber neugierig. Ich dachte, ich wüsste alles von Caro und sie von mir. Was kann sie für Geheimnisse haben? Und ich? Ich könnte mir höchstens welche ausdenken. Zum Beispiel, dass ich irgendwo Geld versteckt habe, aber das stimmt gar nicht. Oder dass ich in jemand anders als Mimun verliebt bin, aber das stimmt auch nicht.

Ich hätte schon gern Geheimnisse, aber ich glaube, ich hab keine.

»Was denn für Geheimnisse?«, frage ich Caro.

Sie lächelt geheimnisvoll. »Das sag ich nicht«, sagt sie. »Dafür sind es ja Geheimnisse.«

»Nur ein einziges«, sage ich.

Sie schüttelt den Kopf. Und dann machen wir ein Computerspiel, bei dem wir uns gegenseitig über den Haufen schießen müssen. Das Blut spritzt nur so über den Bildschirm. Aber ich bin mit den Gedanken nicht bei der Sache.

Ich will auch Geheimnisse haben. Ich weiß nur noch nicht, was für welche.

Meinen Vater treffe ich meistens auf der Straße. Er hat kein eigenes Zuhause mehr, er schläft bei Freunden, die ich nicht kenne. Da komme ich also nie hin.

Gestern war er bei uns in der Straße. Er sagte: »Hi, Polleke, kannst du mir vielleicht helfen?«

Das war schrecklich, denn dasselbe hatte er mich am Tag davor auch schon gefragt. Und am Tag davor auch. Ich sagte also: »Ich weiß nicht, Spiek.«

»Könntest du mir vielleicht ein paar Gulden leihen?«

Ich fühlte mich scheußlich, denn an dem Morgen hatte ich mir Lakritz gekauft, und jetzt war meine Spardose leer. »Du hast dir gestern und vorgestern auch schon Geld von mir geliehen«, sagte ich.

»Ja«, sagte Spiek. »Du kriegst morgen alles zurück, ganz ehrlich.«

»Ich hab aber nichts mehr«, sagte ich. »Willst du ein Lakritz?«

»Nee«, sagte Spiek. »Ist Tina zu Hause?«

Tina ist meine Mutter. »Nee«, sagte ich.

»Weißt du, ob Tina vielleicht noch was hat?«

»Was?«, fragte ich.

»Geld«, sagte Spiek.

Ich schüttelte den Kopf. »Sollen wir was Schönes zusammen machen?«, fragte ich. »Soll ich meinen Ball holen?«

»Sie hat doch so ein Glas vorm Küchenfenster stehen, oder?«, fragte Spiek. »Ist da nicht ein kleines bisschen drin?«

»Bestimmt«, sagte ich. »Hast du nicht Lust, ein kleines bisschen Fußball zu spielen?«

»Kannst du da nicht was rausnehmen?«, fragte Spiek. »Dann tust du's morgen einfach wieder rein.«

»NEIN!«, brüllte ich. Und dann passierte das, was bei mir immer passiert. Ich fing an zu heulen! So bescheuert! Echt wahr. Und zwar nicht nur ein paar Tränchen, ganze Sturzbäche kamen aus meinen Augen. Buhu! Buhu! Schrecklich. Ich konnte nichts dagegen machen.

Spiek ging in die Hocke und nahm mich in die Arme. »Ganz ruhig«, sagte er und küsste mich auf die Wangen. Ich roch, dass er sich nicht gewaschen hatte, aber das machte nichts. »Ganz ruhig, meine Polleke«, sagte er. »Ganz ruhig, es ist schon gar nicht mehr wichtig.«

»Soll ich den Ball holen?«, schniefte ich.

»Okay«, sagte Spiek. »Mach nur.«

Ich lief zur Tür, zog mir das Band mit dem Schlüssel über den Kopf und schloss auf. Ich ging ins Haus, und Spiek kam mir nach. »Ich warte hier«, sagte er.

»Okay«, sagte ich. Ich rannte nach oben, um den Ball zu holen. Ich suchte in meinem Zimmer, aber ich konnte ihn nicht finden. Ich guckte unterm Bett, aber da war er nicht. Also polterte ich die Treppe wieder runter. Spiek trank Wasser aus dem Kran in der Küche. »Vielleicht ist er im Garten«, sagte ich. Wir haben nämlich einen klitzekleinen Garten. Da war der Ball zum Glück.

»Los, komm!«, rief ich.

Wir liefen raus und spielten auf der Straße Fußball. Aber Spiek hielt nicht lange durch. Er schnaufte wie ein Walross.

Er musste sich auf den Bordstein setzen und sich ausruhen. Ich dachte: Er könnte bei uns duschen, aber das würde Mama bestimmt nicht erlauben. Also hielt ich den Mund.

»Ich geh dann mal wieder«, sagte Spiek. »Sieht ganz so aus, als würde ich heute mit einem Gedicht anfangen.«

»Echt?«, fragte ich.

»Kann gut sein«, sagte Spiek.

Natürlich glaubte ich ihm nicht. Ich glaube ihm schon eine ganze Zeit nicht mehr. Ich tue nur so, als ob, weil ich ihn nicht traurig machen will.

»Tschüs, Pol«, sagte Spiek.

»Tschüs, Papa«, sagte ich.

Er schlurfte davon. In der Ferne stand Dina und wartete auf ihn. Dina ist Spieks neue Freundin, und die ist auch so ein bisschen süchtig nach allem Möglichen.

Da war noch was anderes, was ich nicht so gern erzähle. Beim Fußballspielen hatte ich in Spieks Jackentasche die ganze Zeit Geld klimpern gehört.

Das erzähle ich niemandem, schon gar nicht meiner Mutter.

Ich bin bei Caro zu Hause.

»Ich find den Lehrer ja ganz nett«, sagte Caro, »aber nicht zum Heiraten. Igittipfui, ohne mich.«

»Meine Mutter heiratet ihn ja, nicht du!«, rufe ich. Was für ein blöder Spruch von Caro.

Wir lümmeln uns bei Caro zu Hause auf dem Sofa. Manchmal sind wir unheimlich faul, Caro und ich. Stundenlang können wir uns auf dem Sofa lümmeln und rumalbern. Manchmal können wir uns vor Lachen nicht mehr halten.

»Er hat Haare in der Nase«, sagt Caro. »Jetzt weiß ich ganz sicher, dass ich lesbisch bin.«

Das war mal ein guter Spruch. Und ja, da geht es schon wieder los. Kicher, kicher, kicher. Wir heulen vor Lachen.

Caros Mutter kommt nach unten. Sie ist ziemlich neugierig, müsst ihr wissen. »Darf ich mitlachen?«, fragt sie. »Was ist so lustig?«

Das ist das Schlimme an einem Lachkrampf: Wir lachen über rein gar nichts. Wir hängen auf dem Sofa und brauchen uns nur anzugucken, da fangen wir schon wieder an zu kieksen.

»Na gut«, sagt Caros Mutter, »ich merk's dann ja, wenn ihr euch ausgekichert habt.« Sie geht in die Küche.

Auf einen Schlag ist es vorbei. Der Lachkrampf ist vorüber. Aber wir bleiben auf dem Sofa hängen.

Worüber mussten wir jetzt so lachen? Über das Wort »lesbisch« jedenfalls nicht. Das hat Caro schon so oft gesagt. Und ich auch, wenn ich auf Mimun sauer bin.

Caros Mutter kommt mit einem Tablett zurück. Darauf stehen drei Gläser Saft, für jeden eins. Sie setzt sich uns gegenüber in den Sessel.

»Und?«, fragt sie. »Erzählt ihr's mir jetzt?«

Caro und ich gucken uns an. Ich hoffe, dass wir wieder einen Lachkrampf kriegen, denn dann muss ich mir nichts ausdenken. Worüber haben wir denn nur so fürchterlich gelacht? Doch wohl nicht über die Haare in der Nase vom Lehrer, oder?

»Warum haben Männer Haare in der Nase?«, fragt Caro.

»Gute Frage«, sagt Caros Mutter. »Weißt du, bei Männern wachsen eigentlich überall Haare. Aus der Nase, aus den Ohren, auf den Zehen, auf dem Rücken – es gibt keine Stelle, wo bei denen keine Haare wachsen.«

»Auf dem Rücken?«, rufe ich.

»Und auf den Händen!«, ruft Caro. »Das hab ich selbst schon gesehen, bei Evert.«

Eine Weile sagen wir nichts. Es ist schon ziemlich merkwürdig, wenn man mal darüber nachdenkt. Die ganzen Haare, die einfach so überall sprießen.

»Aber warum?«, frage ich.

»Weil sie näher am Affen sind als wir«, sagt Caros Mutter mit ernster Miene.

Und darüber muss ich jetzt ganz fürchterlich lachen. Als Einzige. Caro und ihre Mutter gucken mich an, als wär ich ein Tier im Zoo. »HAHIHUHAHIHU!«, quiekse ich.

»Das ist kein Witz«, sagt Caro.

»HAHUHIIIIIII!« Ich muss so schrecklich lachen über ihr ernstes Gesicht!

»Manchmal haben sie auch Haare *auf* der Nase, nicht nur innen drin«, sagt Caro. »Und wenn sie sich die Ohren nicht auszupfen, hängen da ganze Flaggen raus.«

»HAHUWIHAHIIII!!!!!«

»Das kommt daher, dass sie vom Zentralafrikanischen Ohrflagg-Affen abstammen«, sagt Caros Mutter.

»HIHUWIIIHAHA!!«

Mit Caros Mutter kann man richtig gut lachen, echt wahr!

»Und wie geht's Spiek jetzt so?«, fragt sie plötzlich.

Sofort bin ich still. »Ganz gut«, sage ich. Mehr nicht. Denn wisst ihr, Caros Mutter ist eine ziemliche Tratschtante. Wenn man ihr was erzählt, weiß es morgen die ganze Nachbarschaft. Ich erzähle nicht, dass Spiek kein eigenes Zuhause mehr hat. Ich erzähle nicht, dass ich ihn nur noch auf der Straße treffe. Ich denke: Seit ich weiß, dass Caro Geheimnisse hat, kriege ich auch welche. Oder hatte ich die vorher schon?

»Hat er ein Gedicht geschrieben?«, fragt sie.

Und dann passiert etwas Komisches. Ich fange an zu lügen. Ich weiß nicht, warum. »Ja«, sage ich. Ich merke, wie ich knallrot werde. »Wollt ihr es hören?«, frage ich.

Sie nicken beide.

Und ich sage:

*»Das Leben war kein Zuckerschlecken*
*das Leben war so schwer*
*doch jetzt hab ich mein Polleken*
*was will der Mensch noch mehr?«*

»Mann«, sagt Caros Mutter. »Dieser Spiek!«

»Schön!«, seufzt Caro. »Ich wünschte, mein Vater könnte so schön dichten.«

Komisch. Ich bin stolz auf Spiek, obwohl ich weiß, dass das Gedicht von mir ist und nicht von ihm. Werde ich womöglich verrückt?

## **ZWEITES KAPITEL**, IN DEM ES DARUM GEHT, WIE SCHWER ES IST, EIN SCHÖNES KLEID ZU HABEN, DAS JEMAND ANDERS NICHT SCHÖN FINDET

Meine Mutter und ich sind eingeladen.

»Benimmst du dich auch anständig, Polleke?«, fragt sie.

Ich seufze. Das fragt sie jetzt schon zum dritten Mal! »Ja-a!«, rufe ich.

»Siehst du, genau das meine ich«, sagt sie. »Zu Erwachsenen sagt man nicht Ja-a.«

»Aber du fragst mich immer dasselbe!«, sage ich.

Meine Mutter lässt sich in einen Sessel fallen und legt eine Hand vor die Augen. Das sieht ganz schön affig aus. Meine Mutter ist sehr lieb, bestimmt. Aber wenn sie nervös ist, benimmt sie sich merkwürdig.

»Pass auf«, sagt sie. »Wenn dich Frau Sorgloos gleich zum dritten Mal etwas fragt, brüllst du dann Ja-a?«

»Natürlich nicht, Mama!«, sage ich. »Ich kann schon ein wohlerzogenes Mädchen spielen. Echt wahr!«

Meine Mutter nimmt die Hand von den Augen und sieht mich an. »Und das tust du auch, klar? Du wirst ganz wohlerzogen sein, klar?«

»Ja, Mama«, sage ich.

Wir gehen nämlich zur Mutter von meinem Lehrer zum Essen. Stellt euch das mal vor! Caro hat gesagt: »Ich wusste gar nicht, dass Lehrer überhaupt Mütter haben!«

Ich schon. Der Lehrer kommt oft zu uns nach Hause. Daran hab ich mich schon ein bisschen gewöhnt. Ich weiß, dass der Lehrer dreimal in der Woche zu seiner Mutter zum Essen geht. Jetzt gehen wir zum ersten Mal mit. Und meine Mutter ist so nervös! Sie hat ihr schönstes Kleid angezogen. Sie dreht sich vorm Spiegel hin und her. »Bin ich dicker geworden?«, fragt sie. »Sitzt es nicht zu eng?«

»Nein, Mama«, sage ich. »Es steht dir super. Du siehst aus wie ein Kanarienvogel.« Das Kleid ist gelb, müsst ihr wissen.

»Was, wieso?«, fragt sie erschrocken.

»Ich meine, du siehst schön aus.«

»Ein Kanarienvogel«, murrt sie. »Wer will schon aussehen wie ein Kanarienvogel!«

Ich halte lieber den Mund. Es ist ja doch alles verkehrt, was ich sage.

Es klingelt. Ich mache die Tür auf. »Hallo, Polleke«, sagt der Lehrer. »Du siehst aber schön aus!«

Ich hab auch ein Kleid an. Ein schwarzes mit weißem Kragen.

»Du siehst aus wie ein … äh …«, sagt der Lehrer.

»Wie ein Schwälbchen?«, schlage ich vor.

Der Lehrer hat es nicht richtig verstanden. »Ein Kälbchen?«, fragt er. »Ja, ein Kalb. Du hast tatsächlich was von einem Kalb.«

Manchmal haut der Lehrer einen wirklich von den Socken.

Zusammen gehen wir ins Wohnzimmer. Der Lehrer sieht meine Mutter, und das verschlägt ihm die Sprache. Meine Mutter guckt ihn unsicher an und wartet. »Du meine Güte, Tina«, stammelt der Lehrer. »Was hast du denn da an? Du siehst ja aus wie ein … äh …«

Ich denke: O nein, er wird doch jetzt nicht Kanarienvogel sagen! Auf einmal weiß ich, was er sagen muss. Du siehst ja aus wie ein Model, das muss er sagen. Ich mache den Mund auf, um es für ihn zu sagen. Aber zu spät.

»Du siehst ja aus wie ein Kanarienvogel«, sagt er.

O nein, Hilfe! Ganz falsch!

»Ach, ist es wieder nicht recht?«, ruft meine Mutter. »Weiß der Herr es wieder besser? Kennt der Schulmeister sich wieder mit allem aus?«

»Ma-am«, sage ich, denn es läuft ganz verkehrt.

Der Lehrer wird rot. »Hör mal«, sagt er, »es ist so gelb, dass mir die Augen wehtun, und viel zu eng ist es außerdem.«

Wie kann er nur! In der Schule stellt er sich längst nicht so dämlich an.

Meine Mutter dreht sich wieder vor dem Spiegel. Sie streicht sich mit den Händen über die Hüften.

»Was meinst du, Polleke?«, fragt sie.

Der Lehrer sieht mich drohend an, aber ich hab keine Angst vor ihm. »Passt wie angegossen«, sage ich.

»Genau, wie angegossen«, sagt der Lehrer. »So angegossen, dass man jeden Riffel von deiner Unterwäsche erkennen kann.«

»Ja und?«, schreit meine Mutter. »Kümmer du dich mal um deine eigene Unterwäsche! Ich will jetzt überhaupt nicht mehr, du alter Nörgler! Du kannst deiner Mutter bestellen, dass ich jetzt nur noch Vogelfutter esse!«

*Es war mal ein Kanari,*
*der wollte auf Safari,*
*doch der Nörgler, als er davon hörte,*
*sagte, dass Gelb die Tarnung störte.*

Wir sind auf dem Weg zu Frau Sorgloos, der Mutter vom Lehrer. In unseren Kleidern stehen wir vor der Tür, und der Lehrer klingelt. Die Tür geht auf, und da steht eine Frau in Jeans und Pulli. »Hallo«, sagt sie. »Kommt rein und stört euch nicht an der Unordnung.«

Wir gehen rein. Noch nie im Leben hab ich so ein aufgeräumtes Haus gesehen. Alles glänzt, und ich kann keine Spur von Unordnung entdecken.

»Mensch, Mama«, sagt der Lehrer, »ich hab dich ja noch nie in einer Hose gesehen.« Die Frau dreht sich um. »Ach nein?«, fragt sie. »Dann hast du wohl nicht richtig hingeguckt.«

Ich sehe, dass die Jeans funkelnagelneu ist. Sie sitzt ein bisschen eng.

»Oh, was für ein entzückendes Kleid du anhast!«, ruft sie, als meine Mutter den Mantel auszieht. »Und so eine herrliche Farbe! Das wird Timmie gefallen.«

»Finden Sie?«, sagt meine Mutter erfreut. Sie guckt Walter schnippisch an.

»Und sag ruhig Du«, sagt die Frau, als wir ins Wohnzimmer gehen.

»Wer ist Timmie?«, flüstere ich dem Lehrer zu.

»Der Kanarienvogel«, flüstert der Lehrer zurück.

Ich muss mir auf die Wange beißen, um nicht loszuprusten.

Es ist ein großes Wohnzimmer mit vielen Möbeln und Teppichen und Fotos und Vasen und Uhren und einem Käfig mit einem Kanarienvogel. Sehr schön, echt wahr.

»Und ich heiße Annebel«, sagt Frau Sorgloos. »Gottchen, und du hast auch so ein schönes Kleid an«, sagt sie. »Das sieht ja aus, als hättet ihr etwas ganz Vornehmes erwartet.«

Das ist das Wort, das ich gesucht habe! Es ist ein vornehmes Haus und ein vornehmes Wohnzimmer.

»Es ist mein bestes Kleid«, sage ich. »Das hab ich fast nie an.«

»Vor ein paar Monaten noch«, sagt meine Mutter.

»Ach ja«, sage ich. »Auf der Beerdigung vom Nachbarn.«

Einen Augenblick lang sagt keiner etwas. »Möchtet ihr vielleicht etwas trinken? Ich habe Tee und Limonade. Du möchtest bestimmt Limonade, was …«

»Polleke«, sagt der Lehrer. »Sie heißt Polleke.«

»Ich kann es mir einfach nicht merken«, seufzt Frau Sorgloos. »Das muss das Alter sein.«

Ich gucke sie an. Sie ist nicht älter als Oma und die kann sich alles merken.

»Für mich einen Tee«, sagt meine Mutter.

»Ich auch«, sage ich.

»Für dich bestimmt mit viel Zucker?«, fragt Frau Sorgloos.

»Nein, lieber ohne«, sage ich.

Sie sieht aus, als ob sie sich ein bisschen erschreckt, aber vielleicht hat sie auch immer ein erschrockenes Gesicht, das weiß ich nicht.

»Sehr vernünftig«, sagt sie. Sie schenkt sich selbst ein und dann dem Lehrer.

Sie setzt sich hin. »Ach, jetzt hab ich die Kekse vergessen«, sagt sie erschrocken. »Holst du sie eben, Walter?«

Der Lehrer springt auf und geht aus dem Zimmer. Wir versuchen den Tee zu trinken, aber er ist zu heiß. Wir pusten alle drei.

Der Lehrer kommt zurück. »Ich kann sie nicht finden«, sagt er.

»Ach ja, stimmt ja«, sagt Frau Sorgloos. »Die sind ja jetzt in dem Schränkchen daneben.«

»Woneben?«, fragt der Lehrer.

»Neben dem Schrank, in dem die Kekse früher immer waren.«

»Ach so«, sagt der Lehrer. Er geht wieder raus.

Wir pusten, aber der Tee ist immer noch zu heiß.

Der Lehrer kommt zurück. »Daneben steht überhaupt kein Schränkchen«, sagt er.

»Was? Was erzählst du da?«, sagt Frau Sorgloos. Sie dreht sich halb zu dem Lehrer um. »Erst kommt der Schrank, und daneben steht ein kleiner Tisch und daneben ein niedriges Schränkchen, und da ist die Keksdose drin.

Der Lehrer geht wieder weg.

Frau Sorgloos rührt mit dem Löffel im Tee, sie nimmt nämlich Zucker. Der Kanarienvogel flötet ein Liedchen, das ich nicht nachflöten kann.

Der Lehrer kommt zurück. »Das Schränkchen hab ich gefunden«, sagt er, »aber da ist keine Keksdose drin.«

»Was erzählst du mir da, Walter?«, ruft Frau Sorgloos. Sie starrt zum Fenster, als könnte die Keksdose dort vielleicht rumfliegen. Ich gucke auch, aber da fliegt nichts. »Ach nein! Jetzt weiß ich es! Ach, wie dumm von mir! Ich hatte sie schon auf die Anrichte gestellt!«

Der Lehrer geht weg und kommt gleich darauf mit rotem Kopf und Keksdose zurück. Er stellt sie ein bisschen zu heftig auf den Tisch. »Bitte sehr«, sagt er. Es klingt ziemlich steif, und darüber bin ich ganz froh. Wenn er so mit seiner Mutter redet, muss ich auch nicht Du zu ihr sagen.

»Danke, Walter«, sagt Frau Sorgloos, »und entschuldige, Junge.«

»Du brauchst dich nicht zu entschuldigen«, sagt der Lehrer. »Irren ist ja menschlich.«

Frau Sorgloos macht die Keksdose auf und sagt: »Verteilst du sie eben … äh …«

»Polleke«, sagt der Lehrer. »Sie heißt Polleke.«

Es sind Bittermandelmakronen.

## **DRITTES KAPITEL**, IN DEM ES DARUM GEHT, DASS MAN KEINE FLAGGE RAUSHÄNGEN DARF

Frau Sorgloos hat lecker gekocht. Kartoffeln, Spinat und Fleisch. Nur von dem Fleisch nehme ich nichts, denn ich esse keine Kühe.

»Warum nicht?«, fragt Frau Sorgloos.

»Weil ich selbst eine Kuh hab. Und ein Kalb, das Polleke heißt«, sage ich.

»Was?«, fragt Frau Sorgloos. »Eine Kuh und ein Kalb? Wie geht das denn?«

»Nicht bei uns zu Hause«, sagt meine Mutter. »Da haben wir eine Kakerlake. Die Kuh der Armen sozusagen.«

Ich kriege einen Schreck. Wenn meine Mutter sich langweilt, sagt sie manchmal komische Sachen. Der Lehrer fängt an zu lachen, aber Frau Sorgloos nicht.

»Igitt«, sagt sie.

»Er kann aber sehr schön singen«, sagt meine Mutter. »Es ist nämlich ein Männchen. Hendrik heißt er.«

»Ma-am«, sage ich. Ich versetze ihr unterm Tisch einen Fußtritt.

»Genau wie mein verstorbener Mann«, sagt Frau Sorgloos.

Mama wird feuerrot und beugt sich über ihren Teller. »Verzeihung«, murmelt sie, »ich hab's nicht böse gemeint.«

Der Lehrer legt Mama kurz eine Hand auf den Rücken. »Das wusstest du ja nicht, du konntest nichts dafür«, sagt er.

»Und erzähl mal ... äh ... äh ... Polleke, was willst du denn später werden?«, fragt Frau Sorgloos.

»Dichterin«, sage ich. »Genau wie Spiek, der ist auch Dichter.«

»Spiek, das ist Pollekes Vater«, sagt der Lehrer.

»Und der ist Dichter?«, fragt Frau Sorgloos besorgt.

»Ja, eigentlich schon«, sage ich. »Ein Gedicht hat er geschrieben. In mein Poesiealbum.

*Es gibt immer eine Luft*
*für meine Schlösser*
*und immer auch ein Plätzchen*
*für Polleke, mein Schätzchen.«*

»Spiek ist ganz in Ordnung«, sagt meine Mutter. »Man kann nur nicht mit ihm zusammenleben.«

»Nee, das nicht«, sage ich zufrieden. »Spiek ist klasse, aber er macht alle Frauen verrückt, nur mich nicht.«

»Das ist ja alles sehr ... äh ... interessant«, sagt Frau Sorgloos.

»Du hast lecker gekocht, Mama«, sagt der Lehrer plötzlich.

»Sehr lecker«, sagt Mama.

»Echt sehr lecker«, sage ich.

Dann ist es wieder still. Der Kanarienvogel flötet wie verrückt.

»Was hat dein Vater eigentlich gemacht?«, fragt meine Mutter.

»Mein Vater war Steuerberater«, sagt der Lehrer.

»Spannend!«, murmelt meine Mutter.

»Und woran ist er gestorben?«, frage ich.

Frau Sorgloos seufzt. »Das ist eine scheußliche Geschichte. Soll ich den Nachtisch holen?«

Wir räumen alle zusammen den Tisch ab, und dann kommt der Nachtisch.

»Mein Vater hat zweimal im Jahr die Flagge rausgehängt«, erzählt der Lehrer. Er löffelt seinen Pudding.

»Nur zweimal im Jahr?«, fragt meine Mutter.

»Ja, am Geburtstag der Königin und am 5. Mai, Tag der Befreiung. Unter dem Fenster auf dem Dachboden im zweiten Stock ist so eine Hülse, wo man die Fahnenstange reinstecken kann. Am Geburtstag der Königin hängte mein Vater die Flagge mit einem orangefarbenen Wimpel raus. Aber beim letzten Mal saß der Wimpel nicht richtig. Mein Vater lehnte sich zu weit aus dem Fenster und fiel raus.«

»Wir hatten gerade den ganzen Vorgarten pflastern lassen«, sagt Frau Sorgloos.

»Und?«, fragt meine Mutter.

»Tot«, sagt der Lehrer.

Meine Mutter und ich gucken den Lehrer mit offenem Mund an. Wer hat schon so einen Vater? Wer hat schon einen Vater, der aus dem Fenster fällt?

»Gefallen für die Flagge«, sagt meine Mutter. »Das hört man nicht mehr oft.«

Es ist natürlich furchtbar traurig, also wage ich nichts zu sagen.

Frau Sorgloos schnieft ein bisschen. »Es hat in allen Zeitungen gestanden«, sagt sie.

Man sieht, dass sie stolz darauf ist. Recht hat sie, darauf wäre ich auch stolz!

»Unglaublich«, seufzt meine Mutter. »Manche Leute rutschen auf einem Stück Seife aus und sind tot.«

»Glaub mal nicht, dass er dafür einen Orden bekommen hätte«, sagt Frau Sorgloos.

»Nein, aber du hast doch immerhin einen schönen Brief von der Königin gekriegt«, sagt der Lehrer.

Das lässt sogar den Kanarienvogel verstummen.

»Von der Königin?«, frage ich. »Ehrlich?«

Frau Sorgloos nickt stolz.

»Wow! Das ist ja Wahnsinn!«, rufe ich.

Daran kann man sehen, dass manche Leute gar nicht so langweilig sind, wie es auf den ersten Blick scheint.

## **VIERTES KAPITEL**, IN DEM ES DARUM GEHT, DASS BETEN HILFT, DASS ICH SEHE, WIE TOM EIN MÄDCHEN KÜSST, UND UM DAS, WAS ICH NOCH LIEBER HABEN WILL ALS EIN PONY

Ich war bei Oma und Opa auf dem Bauernhof. Wir saßen am Tisch. Opa faltete die Hände und machte die Augen zu. Er sagte: »Herr im Himmel, wir danken dir, dass Polleke wieder wohlbehalten aus dem Bus gestiegen ist. Wir wüssten nicht, was wir ohne sie anfangen sollten. Sie ist die Freude unserer alten Tage. Amen.«

Herrje! Was Opa da über mich gesagt hatte! Davon wurde mir ganz schwummrig. Ich machte die Augen auf, aber ich wagte niemanden anzusehen.

»Willst du noch etwas beten?«, fragte Oma.

Ich überlegte einen Moment. Ich hab keinen Glauben, aber ich kann doch ganz gut beten, auch wenn das ein Eigenlob ist. Ich machte die Augen zu und sagte: »Lieber Gott, vielleicht müssen wir eine Jacke und eine Hose für Spiek kaufen, denn die Sachen, die er anhat, müssen dringend in die Wäsche. Amen.«

»Amen«, sagte Oma.

»Das war ein sehr gutes Gebet«, sagte Opa. »Wetten, dass du erhört wirst?«

Erhören, das bedeutet, dass Gott das tut, worum man ihn bittet.

»Heute Nachmittag müssen wir mal einkaufen gehen, Polleke und ich«, sagte Oma.

»Hast du gehört?«, sagte Opa. »Beten hilft wirklich!«

Ich sah von Oma zu Opa und wieder zurück. Mit ernsten Gesichtern kauten sie ihre Butterbrote. Sie nahmen mich nicht auf den Arm. Ob sie wirklich glaubten, dass Gott Oma auf die Idee gebracht hatte? Weil ich keinen Glauben hab, verstehe ich nicht so richtig, was Oma und Opa glauben. Aber Beten finde ich doch schön. Es hat so etwas Geselliges.

»Dann kannst du heute Morgen mit Polleke spielen«, sagte Opa.

Polleke ist mein Kalb, müsst ihr wissen.

»Darf ich sie selbst abholen?« Ich sprang vom Stuhl auf.

»Halt, halt«, sagte Opa. »Erst mal in Ruhe aufessen.«

»Ja, aber ich bin schon fertig!«, rief ich.

»Wir nicht«, sagte Oma.

Das ist immer ein Theater bei Oma und Opa. Das Essen! Das dauert mir echt zu lange. Die kauen bestimmt vierundsechzigmal auf jedem Bissen herum.

Ich setzte mich wieder hin und nahm mir noch ein Butterbrot. Irgendwas muss man ja machen. Sie finden, dass man erst vom Tisch aufstehen darf, wenn alle fertig sind. Das tun sie nicht, um mich zu ärgern. Sie denken wirklich, dass es so sein muss!

Als sie endlich fertig waren, rannte ich nach draußen. Ich

rannte über die Straße zum Bauernhof von Bauer Kalverboer. Denn da stand meine Polleke auf der Weide. Zusammen mit anderen Kälbchen in ihrem Alter. Sie ist jetzt vier Monate alt.

Als sie meine Stimme hörte, machte sie ein paar übermütige Sprünge. Mit vier Beinen gleichzeitig in die Luft. Dann trabte sie auf mich zu. Ich kletterte über den Zaun und schlang die Arme um ihren Hals. Ich musste mich gut festhalten, denn sie war wild und schüttelte den Kopf. Und sie war sooo stark geworden!

Als wir mit der Begrüßung fertig waren, ließ ich sie los. Ich kletterte wieder über den Zaun und ging in den Stall, um Pollekes Halsband zu holen. Ich erschrak, denn im Stall waren zwei Kinder. Ein Mädchen und ein Junge. Den Jungen kannte ich. Es war Tom, der zwei Jahre älter ist als ich, dreizehn also. Das andere Kind war ein Mädchen, das ich nur halb sehen konnte. Denn sie standen nah beieinander und umarmten sich. Sie knutschten!

Ich wollte mich heimlich davonschleichen, aber Tom hatte mich gehört. Er drehte sich um und ließ das Mädchen los. Das Mädchen sah mich auch. Sie war rot im Gesicht, und ihre Haare waren durcheinander.

»Hi, Polleke«, sagte Tom verlegen.

»Hi«, sagte ich. »Ich wollte …«

»Ja, nimm's dir einfach«, sagte Tom.

Ich ging in eine Ecke des Stalls und nahm das Halsband vom Haken. Dann nahm ich den Strick, der danebenhing.

»Na, dann geh ich mal wieder«, sagte ich. »Tschüs.«

Das Mädchen sagte nichts, und Tom sagte: »Tschau.«

Ich war froh, als ich wieder draußen war. Schnell legte ich Polleke das Halsband um, machte den Strick daran fest und nahm sie mit nach Hause. Ich dachte: Oma und Opa sag ich nichts von Tom, denn dann werde ich rot wie eine Tomate.

Ich brachte Polleke auf die kleine Wiese. Sofort wollte sie spielen. Pollekes Lieblingsspiel ist »Bocken«. Sie drückt mit dem Kopf gegen meine Hände, und zwar so lange, bis ich zurückgehen muss. Sie ist viel zu stark für mich. Manchmal ziehe ich die Hände weg und springe zur Seite, sodass Polleke plötzlich gegen die Luft drückt und einen Satz nach vorne macht. Dann bleibt sie stehen und guckt sich um. Sie macht ein Gesicht, als wollte sie sagen: *Wo bleibst du denn?* Dann dreht sie sich wieder zu mir um und fängt wieder von vorn an.

Einmal bin ich wie ein Brett hintenübergeschlagen. Da hat sie erstaunt auf mich runtergeguckt und mich beschnuppert, aber sie tut nichts, wenn ich auf dem Boden liege. Wenn sie endlich müde ist, legt sie sich hin. Dann krabbele ich auf ihren Rücken. Lang ausgestreckt auf dem Bauch, mit den Armen um ihren Hals. Sie ist schön warm, und ich kann ihren Atem spüren.

Das machte ich jetzt auch. Meistens passiert nicht viel. Wir lauschen den Vögeln. Weiter nichts. Ich dachte an Tom und das Mädchen im Stall. Ich hab Mimun auch schon mal ein Küsschen gegeben, aber noch nie *so*. Ich fragte mich, wie das wohl wäre. Vielleicht genauso warm wie jetzt mit Kalb Polleke.

Nach zehn Minuten stand Polleke wieder auf, *mit mir auf*

*dem Rücken*! Das war noch nie passiert. Ich hielt mich gut an ihrem Hals fest, und sie fing an zu grasen, als ob nichts wäre. Vorsichtig richtete ich mich auf. Polleke machte ein paar Schritte, und da saß ich! Wie ein Reiter zu Kuh. Das hatte ich noch nie gehört, dass jemand auf einer Kuh ritt. Aber es ging ganz wunderbar! Mit mir auf dem Rücken trottete Polleke über die Wiese. Es war ein merkwürdiges Gefühl. Als ob wir zusammen ein einziges großes Tier wären.

*Ich war halb Kind, halb Kalb*
*und fragte mich, wer sitzt auf wem:*
*das Kind auf dem Kalb*
*oder das Kalb auf dem Kind?*
*Ich wusste nur das eine:*
*Ich hatte so etwa acht Beine.*

Ich ritt eine Weile auf Pollekes Rücken, als ich Opas Stimme hörte. Ich guckte zur Seite. Er betrachtete das Tor und kam auf uns zu. Er schaute uns aus der Nähe an. Ich sah ihm an, dass er nachdachte, aber ich wusste nicht, worüber.

»Soll ich dir ein Pony kaufen?«, fragte er plötzlich.

Ich merkte, wie ich rot wurde. Denn so etwas Liebes hatte ich noch nie gehört, und trotzdem wollte ich eigentlich etwas anderes. Ich sagte nichts, weil ich mich nicht traute, Opa meinen allergrößten Wunsch zu verraten.

»Und?«, fragte er.

Ich wurde verlegen und kraulte Polleke am Ohr. Ich hoffte, Opa würde erraten, was ich *noch* lieber haben wollte als ein Pony.

»Alle Mädchen wünschen sich doch ein Pony, oder nicht?«, fragte Opa.

»Ja«, sagte ich.

Mir wurde sooo schrecklich heiß! Ich kam mir vor wie ein verzogenes Gör, weil ich nicht sofort rief: »Ja, Opa, ein Pony!« Und: »Ja, Opa, du bist der liebste Opa auf der ganzen Welt.« Aber ich brachte es nicht über die Lippen.

Opa schüttelte den Kopf. Ich hatte Angst, er könnte weggehen, ohne meinen allergrößten Wunsch erraten zu haben.

Da fragte er verblüfft: »Du willst doch nicht etwa sagen, dass du lieber Polleke haben willst als ein Pony?«

»Doch, Opa!«, rief ich. »Polleke will ich *noch* lieber haben.«

»Hmmm«, brummelte er. »Na ja. Warum eigentlich nicht? Dann kaufen wir eben Polleke.« Er drehte sich um und ging weg.

»Opa!«, schrie ich. »Du bist der liebste Opa auf der ganzen Welt!«

Opa drehte sich um und rief: »Das war Omas Idee. Das mit dem Pony, meine ich.«

Ich rutschte von Pollekes Rücken und lief hinter Opa her. Ich sagte Oma, dass sie die liebste Oma im ganzen Weltall und darüber hinaus war.

»Im ganzen Weltall meinetwegen«, sagte sie, »aber darüber hinaus? Das finde ich ein kleines bisschen übertrieben.«

## **FÜNFTES KAPITEL**, IN DEM ES DARUM GEHT, DASS ICH LAKRITZSÜCHTIG BIN UND DASS ICH MIT MIMUN KNUTSCHE

Sonntagabend komme ich mit Sack und Pack nach Hause. Oma und ich haben eine Jacke, eine Hose, zehn Unterhosen, fünf Paar Socken und einen Pulli für Spiek gekauft. Ich stelle die große Plastiktüte und meine Reisetasche unter der Garderobe ab. »Hi, Mama!«, rufe ich.

Es bleibt still.

Ich gehe ins Wohnzimmer, und da sitzt sie auf dem Sofa.

»Hi, Mama«, sage ich.

»Hallo, Polleke«, sagt sie.

»Ist irgendwas?«, frage ich beunruhigt. »Wo ist Walter?«

»Oben«, sagt meine Mutter. »Weil ich mit dir reden muss.«

»Aha«, sage ich.

»Hör mal«, sagt sie, »war Spiek hier im Haus?«

»Was? Nee«, lüge ich.

»Das Glas vorm Küchenfenster ist vollkommen leer!«, ruft sie. »Wie kann das sein? Da waren bestimmt an die dreißig Gulden drin!«

Es ist schwer zu beschreiben, was ich fühle. Es ist, als

wären meine Füße am Boden festgenagelt. Ich kann mich nicht bewegen. Dann spüre ich, wie alles Blut in einer großen Welle in meinen Kopf gespült wird. Mir zittern die Beine, und ich werde knallrot. Ach, Spiek, Mistkerl, Mistkerl, was bist du doch für ein Mistkerl …, denke ich. Aber ich presse die Lippen aufeinander und sage nichts.

»O nein!«, ruft meine Mutter. Sie steht auf und geht hin und her. »Nein, du wirst mir jetzt nicht erzählen, dass du es warst. Das würde ich dir sowieso nicht glauben.«

»Doch«, stammele ich, »so ist es. Ich war's, ganz ehrlich. Ich hab Lakritz davon gekauft. Ich kann nichts dagegen machen, ich bin lakritzsüchtig.«

»Ach nein, Polleke, ach nein«, sagt sie und lächelt mich so lieb an, dass mir ganz schwummrig wird. »Spiek war hier drin, das weiß ich ganz genau!«

»NEIN!«, schreie ich. »NEIN! Und wenn du mir nicht glaubst, will ich nichts mehr mit dir zu tun haben! Bye-bye, baby!« Ich renne in den Flur und die Treppe hinauf.

»Halt!«, ruft meine Mutter. Keuchend steht sie unten an der Treppe. »Komm runter, Fräulein, und zwar ein bisschen plötzlich.«

Wenn meine Mutter »Fräulein« zu mir sagt, muss ich aufpassen. Ich gehe die Treppe also langsam wieder runter.

Als ich vor ihr stehe, fasst sie mich am Kinn und versucht mir in die Augen zu sehen.

»Warum lügst du mich an?«, fragt sie.

»ICH LÜGE NICHT!«, schreie ich, denn wenn jemand zu mir sagt, dass ich lüge, werde ich immer furchtbar wütend. Vor allem, wenn ich lüge. Denn lügen tut man ja nicht nur so zum Spaß. Deshalb ist es unfair, wenn jemand zu einem sagt, dass man lügt, wenn man lügt.

Meine Mutter lässt mein Kinn los und lächelt mich an. Sie hätte mir genauso gut eine scheuern können, so mies fühle ich mich. Ich gucke schnell auf meine Schuhe. Sie nimmt meine Hand und zieht mich ins Wohnzimmer. Wir lassen uns aufs Sofa plumpsen.

»Ich bin eine dumme Gans«, seufzt sie. »Und du bist ein liebes Mädchen.«

Damit hatte ich nicht gerechnet, also gucke ich hoch, um zu sehen, ob sie es ernst meint. Sie meint es ernst.

Sie streichelt mir übers Haar. »Aber eine Strafe kriegst du trotzdem.«

Ich zucke die Achseln. Was kann eine Strafe mich jetzt noch kratzen?

»Du kaufst einen ganzen Monat kein Lakritz«, sagt sie. »Sonst kannst du was erleben.«

Da muss ich fast lachen. Bestimmt denkt sie, dass ich wirklich süchtig bin! Ich reiße mich zusammen und gucke weiter auf meine Schuhe. »Ja, Mama«, sage ich brav. Sie zieht mich an sich, und da muss ich natürlich wieder heulen! »Buhu!«, heule ich. »Buhu! Und Opa kauft mir Polleke, buhu, und ich bin sooo froh, buhu!!!«

»Du meine Güte«, sagt Mama, »Oma und Opa sind total verrückt, weißt du das?«

»Das stimmt«, sage ich. »Aber auch total lieb. Es gibt eigentlich ganz schön viele liebe Menschen.«

»Ja«, sagt Mama. »Solche wie dich, Polleke. Die braucht die Welt, Mädchen. Ich wünschte, ich wär so lieb wie du.«

»Du bist aber doch auch ganz lieb«, sage ich. »Manchmal.«

Wir müssen beide lachen. Dann hören wir es auf der Treppe poltern. Der Lehrer steckt den Kopf zur Tür herein. »Kann ich schon reinkommen?«, fragt er.

»Nein«, sagt meine Mutter streng.

»Doch, klar«, sage ich, denn er tut mir leid.

»Na«, sagt der Lehrer, »was denn nun, ja oder nein?«

»Jein«, sagt meine Mutter. Ich glaube, es macht ihr Spaß, ihn zu ärgern.

»Naa«, sage ich.

»Ihr könnt mich mal«, sagt der Lehrer und lässt sich neben uns aufs Sofa plumpsen. Wir fangen an zu quatschen, und es wird gemütlich. »Ach ja«, rufe ich. »Ich hab ja noch ein Geschenk für dich.«

Ich laufe in den Flur und komme mit einem Päckchen zurück. Ich gebe es Walter. Er packt es aus.

»Schöne Schachtel«, sagt er.

»Mach sie mal auf«, sage ich.

In der Schachtel liegt eine winzige Schere. »Für den Fall, dass bei dir zum Beispiel irgendwo Haare wachsen, wo du sie nicht haben willst«, erkläre ich.

Meine Mutter purzelt hintenüber und schüttelt sich vor Lachen, aber der Lehrer freut sich zum Glück über mein Geschenk.

Erst im Bett merke ich, wie wütend ich auf Spiek bin. »Wart's nur ab, Bürschchen«, grummele ich in mein Kissen. »Dich krieg ich noch.« Aber als ich darüber nachdenke, weiß ich nicht, wie ich ihn kriegen soll.

Ich gehe mit Mimun im Park spazieren. Es ist komisch, eigentlich machen wir ziemlich langweilige Sachen zusammen, aber ich langweile mich nie. Ich finde es schön, in seine schwarzen Augen zu gucken. Ich hoffe immer, dass er mich anlächelt, denn davon wird mir ganz schwummrig. Ich höre ihn gern sprechen mit ein bisschen Marokko in der Stimme. Es ist lustig, seine Hand festzuhalten. Ein bisschen wie ein kleiner Vogel, der beinahe wegfliegt. Aber in meinem Kopf ist etwas Neues. Etwas, woran ich früher nie gedacht habe. Ich würde ihn gern umarmen, ganz nah bei ihm stehen und wissen, wie das ist.

»So kannst du nicht zu Gott sprechen«, sagt er. »Du kannst nicht sagen: Gib mir dies und gib mir das. Ein Gebet muss man auswendig lernen und aufsagen.«

»Ich hab keinen Glauben«, sage ich, »also mach ich's einfach, wie ich denke.«

»So macht man das nicht«, sagt Mimun. »Wenn man betet, muss man es richtig machen.«

»Aber ist doch schön, dass es geklappt hat«, sage ich. »Hab ich nun neue Sachen für Spiek oder nicht?«

Mimun lächelt mich an. Hui! Schwummerdischwummer!

»Bei dir findet Allah es wahrscheinlich in Ordnung«, sagt er. »Du weißt es eben nicht besser.«

Gestern oder vorgestern hätte ich sofort losgebrüllt: WIESO? WEISST DU ES ETWA BESSER, DU KLUGSCHEISSER? Aber jetzt tue ich das nicht. Ich fühle mich weich innen drin. Ich bleibe stehen und sage: »Komm her.«

»Wieso, was ist?« Mimun versteht nicht, was ich von ihm will, und wird rot.

»Komm her«, sage ich noch mal. Ich ziehe ihn an der Hand, bis er direkt vor mir steht. Dann lege ich ihm die Arme um den Hals und ziehe ihn an mich.

»Nicht, Polleke«, sagt er, aber er weicht nicht zurück. Mit meinen Armen um den Hals bleibt er stehen.

»Jetzt musst du mir die Arme um die Taille legen«, sage ich.

»Polleke …« Er guckt sich ängstlich um, ob uns auch keiner sieht.

»Jetzt oder nie«, sage ich.

»Das gehört sich nicht …«, flüstert er.

»Nee, das nicht«, sage ich, aber ich weiß eigentlich gar nicht, was er meint.

Er legt mir die Arme um die Taille. Ich ziehe ihn an mich und küsse ihn. Es ist ein schönes Gefühl, deshalb küsse ich ihn gleich noch mal. Dann lasse ich ihn los. »Mannomann«, sage ich, »hab ich jetzt eine Lust auf Lakritz!«

Er macht ein Gesicht wie sieben Tage Regenwetter, und das, wo ich ihm doch gerade zwei Küsse gegeben habe. Jungs!

Wir gehen weiter spazieren. Ich nehme seine Hand, aber er zieht sie weg. Was hat er bloß?

»So darfst du dich nicht benehmen«, sagt er.

»Wie?«, frage ich.

»So … äh … so …«, sagt er. »Du musst warten, bis ich dir einen Kuss gebe. Du darfst nicht den ersten Schritt machen, du verrücktes Mädchen.«

»Ach nein?«, frage ich. Jetzt werde ich ein klitzekleines bisschen wütend.

»Nein!«, sagt er. »Du musst dich nicht so niederländisch benehmen. Ein Mädchen darf nicht den ersten Schritt machen, ein Mädchen muss abwarten.«

»Ach ja?«, rufe ich. Jetzt bin ich echt sauer. »Und wer sagt das?«

»ICH!«, schreit Mimun plötzlich. »ICH UND ALLE ANDEREN!«

»UND WER SIND ALLE ANDEREN?«, schreie ich.

Mimun zuckt die Schultern. Ich glaube, er ist ein bisschen durcheinander. »Na, alle eben«, sagt er. »Und danach sagt man nicht, dass man Lakritz haben will. Das ist sooo unbeschreiblich blöde.«

»Ich bin niederländisch, Lakritz ist niederländisch, und ich liebe Niederländisch«, sage ich.

Jetzt sagt er nichts mehr. Ich sehe, dass er nachdenkt. Er schüttelt den Kopf. »Ich glaube, du verstehst mich nicht«, sagt er.

Den Park haben wir schon längst hinter uns gelassen. Wir sind jetzt in einer Einkaufsstraße mit vielen Leuten. Mimun schaut sich um. Er scheint etwas zu suchen. »Warte mal kurz«, sagt er und geht in ein Geschäft. Zwei Minuten später kommt er mit einer Tüte in der Hand zurück. »Hier«, sagt er.

Ich gucke in die Tüte. Es ist Lakritz. Versteht ihr jetzt, warum ich Mimun liebe? Er ist sooo lieb. »Willst du auch eins?«, frage ich. Er will nicht, denn er mag kein Lakritz.

»Und wenn ich dich vielleicht irgendwann mal küsse«, sagt er, »dann sag nicht sofort danach, dass du Lakritz haben willst.«

»Okay«, sage ich. »Was soll ich dann sagen?«
»Nichts«, sagt er. »Du sagst einfach eine Weile nichts.«
»Gut«, sage ich.
Er küsst mich auf die Wange, und ich sage eine Weile nichts. Denn eine Hand wäscht die andere.

*Nach deinem Kuss*
*ist es still in mir drin,*
*ganz nach deinem Sinn.*
*Ich kaue stumm*
*auf dem Lakritz herum,*
*weiter nichts und Schluss.*

## SECHSTES KAPITEL, IN DEM ES DARUM GEHT, DASS ICH SPIEK DEN MARSCH BLASE, UM GEFUMMEL UND GEKICHER UND VERBOTENE SACHEN

Am nächsten Tag sehe ich Spiek auf der Straße. Ich denke: Ha, Bürschchen, jetzt hab ich dich, und renne auf ihn zu.

»Hallo, Polleke!«, ruft er schon von Weitem.

Keuchend bleibe ich vor ihm stehen. Ich bin fest entschlossen, ordentlich mit ihm zu schimpfen. Da holt er ein Glas aus der Jackentasche. Genauso eins, wie meine Mutter vorm Küchenfenster hat. Es ist voller Geld. »Zweiunddreißig Gulden und fünfundsiebzig Cent«, sagt Spiek. Er gibt mir das Glas. »Tut mir leid, das musste ich mal kurz ausleihen, aber hier hast du's zurück.«

Ich würde sooo gern mit ihm schimpfen, ich ersticke fast daran. Aber wie kann man mit jemandem schimpfen, der zurückbringt, was er gestohlen hat? Ich fasse das Glas nicht an, ich bin noch viel zu wütend.

»Zu spät«, sage ich.

»Zu spät wofür?«, fragt Spiek.

»Ich hab schon eins aufs Dach gekriegt«, sage ich. »Ich hab meine Strafe schon.« Mir treten bestimmt Bläschen aus den Augen, ich koche nämlich innerlich.

»Denkt sie etwa, dass du es warst?«, fragt Spiek.

Ich sehe ihn an. Er ist echt erschrocken, das sieht man sofort.

»Das hoffe ich«, sage ich.

»Das hoffst du?«, ruft Spiek. »Warum hast du denn nicht gleich gesagt, dass ich's … äh … mal kurz geliehen hab?«

»Geklaut«, sage ich.

»Und?«, fragt Spiek.

»Ja, was denkst du denn?« Ich werde sooo furchtbar wütend! Dass er das nicht kapiert! »SOLL ICH ETWA MEINEN EIGENEN VATER VERPFEIFEN?«

»Mein Gott«, sagt Spiek und geht in die Hocke.

Ich kann es nicht ausstehen, wenn Leute das machen, also sage ich: »Steh wieder auf und sag nicht *mein Gott*, denn an den glaubst du ja doch nicht.«

Spiek steht auf. »Bitte«, sagt er und hält mir das Glas hin.

»Nein danke«, sage ich und stecke die Hände in die Hosentaschen.

»Polleke?«, fragt Spiek. »Wie kann ich es wiedergutmachen?«

Es klingt sehr kläglich. Ich gucke in sein trauriges Gesicht und kriege Mitleid. »Ich wüsste schon, wie«, sage ich. Ich strecke die Hände aus und nehme das Glas an.

»Ja?«, fragt Spiek. »Sag es, dann mach ich's.«

»Versprochen?«, frage ich, denn bei Spiek kann man nie wissen.

»Versprochen«, sagt Spiek.

»Also gut«, sage ich. »Ich will ein Gedicht von dir. Morgen.«

Spiek sagt eine Zeit lang nichts, er seufzt tief und räuspert sich.

»Ich werd mein Bestes geben, Polleke«, sagt er dann.

»NEIN!«, brülle ich. »DU WIRST ÜBERHAUPT NICHT DEIN BESTES GEBEN, DU WIRST EIN GEDICHT SCHREIBEN, UND MORGEN HAST DU'S FERTIG!«

»In Ordnung, Polleke«, sagt er schnell. »Ich bring's dir morgen. Versprochen.«

»Gut so«, sage ich so streng wie möglich, denn er soll nicht merken, wie froh ich bin. »Dann hab ich jetzt ein Geschenk für dich.«

Ich fasse ihn an der Hand und schleife ihn mit nach Hause. Ich schließe auf und gehe rein. »Warte mal kurz«, sage ich. Ich mache die Tür hinter mir zu und lasse Spiek draußen stehen. Erst bringe ich das Glas mit dem Geld in die Küche. Dann nehme ich die Plastiktüte mit den Sachen, die Oma und ich gekauft haben.

»Hier«, sage ich, als ich wieder draußen bin. Ich drücke Spiek die Plastiktüte in die Hand. Spiek holt die Jacke heraus, er holt die Hose heraus, die Unterhosen und die Socken. Er traut seinen Augen nicht.

»Du meine Güte!«, sagt er. »Von wem hast du das alles?«

»Von Gott«, sage ich.

Früher hätte Spiek gerufen: *Es gibt doch gar keinen Gott!* Jetzt sagt er nichts. Er freut sich nur.

»Wenn du morgen dein Gedicht vorbeibringst«, sage ich, »musst du deine neuen Sachen anziehen. Ich will sehen, wie sie dir stehen.«

Spiek drückt mich an sich und küsst mich aufs Haar. Die

Plastiktüte baumelt gegen meinen Rücken. Ich glaube, dass er innen drin ein bisschen weint.

Ich denke: Armer Papa, aber ich sage: »Mannomann, hab ich jetzt eine Lust auf Lakritz.«

»Ach ja?«, fragt Spiek. »Dann kaufen wir doch einfach eine Tüte Lakritz!«

Wisst ihr, wie ich so was nenne? Einen *Vorauswisser*. Das ist, wenn man im Voraus weiß, dass etwas Bestimmtes passieren wird. Wenn ich zum Beispiel jetzt frage, ob ich eine Barbiepuppe kriege, kauft er mir eine. Das ist ein Vorauswisser. Ich frage aber nicht, ob ich eine Barbiepuppe kriege, denn ich hab schon drei.

Vor einem Süßigkeitenladen bleiben wir stehen, und plötzlich habe ich einen scheußlichen Gedanken. Ich will nicht mit Spiek da reingehen. Ich sage: »Ich hol's schon selber«, und halte die Hand auf, damit Spiek das Geld hineinlegen kann. Ich merke, wie er mich anguckt, aber ich gucke in eine andere Richtung. Dann legt er das Geld in meine Hand.

»Tschau«, sage ich. »Bis morgen.«

Spiek sagt nichts. Er dreht sich um und geht davon.

Mit dem Geld in der Hand stehe ich da und habe auf einmal keine Lust mehr auf Lakritz. Warum wollte ich nicht mit Spiek in den Laden? Ich weiß es wohl, aber ich wage es kaum hinzuschreiben. Ich hab mich für ihn geschämt. Für seine alten Klamotten. Weil er sich nicht jeden Tag wäscht. Darum.

»Blöde Kuh«, sage ich zu mir selbst. Es nützt nichts. Ich hab noch immer keine Lust auf Lakritz. Mit dem Geld in der

Hand gehe ich wieder nach Hause. Das gebe ich ihm morgen zurück.

Als ich wieder in unsere Straße komme, sehe ich Caro und Mimun. Sie stehen zusammen, und Caro kichert albern. Ich bin schon fast bei ihnen, und sie haben mich immer noch nicht bemerkt. Mimun lächelt Caro an. Caro lehnt an der Mauer und guckt zu ihm hoch. Mit einer Hand streicht sie sich die Haare hinters Ohr. Wie zuckersüß Caro ihn anguckt. Und wie lieb Mimun sie anlächelt. Das gefällt mir überhaupt nicht!

Ich stelle mich hinter Mimun und tippe ihm auf die Schulter. »Du brauchst dich gar nicht so anzustrengen«, sage ich. »Sie ist sowieso lesbisch.«

Es ist gemein von mir, das zu sagen, denn solche Sachen sind geheim.

»Wie kommst du denn darauf«, zischt Caro mit rotem Kopf. »Fass dich mal lieber an die eigene Nase!«

»Hi, Pol«, sagt Mimun. »Ich hab auf dich gewartet.«

»Na klar«, sage ich. »Als ich dich sah, hab ich mir gleich gedacht: Hey, da steht Mimun und wartet auf mich. Vielen Dank, Caro, dass du Mimun ein bisschen unterhalten hast, während er gewartet hat.«

»Gern geschehen«, sagt Caro. »Tu ich beim nächsten Mal gern wieder für dich.«

»Na logisch!«, rufe ich. »Du bist ja schließlich meine beste Freundin.«

»Äh …«, setzt Mimun an.

»Hältst du dich da mal bitte raus?«, fragt Caro.

»Caro und ich haben mal kurz was zu besprechen, wenn du nichts dagegen hast«, sage ich.

»Nein, nein«, sagt Mimun.

»Hast du's nicht vielleicht sowieso eilig?«, fragt Caro. »Dass du zum Beispiel noch irgendwo hinmusst?«

»Könnte ja sein«, sage ich. »Musst du nicht noch was für deine Mutter besorgen oder so?«

»Nee«, sagt Mimun. »Ich hab Zeit.«

»Ojeee!«, sage ich. »Das kann ich ja nun überhaupt nicht leiden, Jungs, die Zeit haben!«

»Coole Jungs haben immer was vor«, sagt Caro.

»Die haben keine Zeit, mit der besten Freundin ihrer Freundin zu quatschen«, sage ich.

Eine Weile sagen wir nichts. Eigentlich wissen wir nicht, was wir sagen sollen, Caro und ich.

»Na dann«, sagt Mimun, »dann geh ich mal wieder. Mal sehen, ob's was zu tun gibt.«

»Ja, mach das«, sage ich.

»Kommst du nicht mit?«, fragt er.

»Nee«, sage ich. »Ich muss noch was für meine Mutter besorgen.«

»Ach so«, sagt Mimun. »Tschau.«

Er dreht sich um und geht weg. Ich warte, bis er um die Ecke ist.

»Ich weiß genau, was du da grad gemacht hast, Caro«, sage ich dann.

»Ach ja? Was denn?«, fragt Caro.

»Mit deinem Gekicher und dem Gefummel an deinem Haar …«

»Ich kichere immer, und ich fummele auch immer, guck.«

Caro fummelt an ihrem Haar und kichert. »Ich will überhaupts nichts von Mimun«, kichert sie. »Meine Mutter sagt, man soll nie was mit einem Marokkaner anfangen.«

»Dann hör auf deine Mutter«, sage ich, »und nimm so einen Ohrflagg-Affen. Das find ich sehr vernünftig.« Damit lasse ich sie stehen und gehe nach Hause. Ich schätze, Mimun und Caro haben mich ganz gut verstanden. Kein Gekicher und Gelächel, wenn ich nicht dabei bin! Mannomann, hab ich jetzt Lust auf Lakritz! Aber ich beherrsche mich.

*Eifersüchtig – nein, ach was,*
*aber es ist auch kein Spaß,*
*ihn so lächeln zu sehn*
*und wie sie da stehn,*
*er und die dumme Kuh,*
*wo ich doch noch dazu*
*ihre beste Freundin*
*bin.*

Am Abend sitzen meine Mutter, der Lehrer und ich vorm Fernseher. Es läuft irgendwas Blödes, wo ich gar nicht hingucke.

»Walter?«, frage ich.

»Hmmm?«, fragt der Lehrer. Er guckt zum Fernseher und trinkt sein Bier.

»Ich hab mal gehört, dass es so eine Art Krankenhaus gibt, wo man einen Entzug machen kann. Ist das wahr?«

»Willst du vom Lakritz runter?«, fragt meine Mutter. »Dann kannst du hier einen Entzug machen.«

»Walter?«, frage ich. »Stimmt das?«

»Hm? Was?«, fragt der Lehrer.

Ich seufze und stelle die Frage *noch* mal.

»Ja«, sagt der Lehrer, »so was gibt's.«

»Wo denn?«, frage ich. »Hier in der Stadt?«

»Ja«, sagt der Lehrer.

»Also, wenn jemand süchtig ist«, sage ich, »dann schnappt ihn die Polizei, und dann stecken sie ihn ins Krankenhaus?«

»Nein«, sagt meine Mutter. »So funktioniert das nicht. Ein Suchtkranker muss von sich aus in so eine Entzugsklinik gehen. Freiwillig.«

Ich denke nach. »Wie soll das denn gehen? Süchtig heißt doch gerade, dass man irgendwas nicht lassen kann, jedenfalls nicht freiwillig!«

»Wir leben in einem freien Land«, sagt der Lehrer.

»Jeder hat das Recht, auf seine Weise unglücklich zu werden«, sagt meine Mutter.

Der Lehrer fährt in die Höhe. »Tina!«, ruft er. »Das sagt man doch nicht zu einem Kind!«

Mama prustet los. Ich weiß nicht, warum.

»Manchmal bist du eigentlich ganz witzig«, sagt sie zu dem Lehrer und kneift ihn in den Arm.

Der Lehrer zieht seinen Arm weg.

»Bist du sauer?«, fragt meine Mutter. »Ich sage das doch nicht zu *einem* Kind, ich sage es zu *meinem* Kind.«

»Was hast du überhaupt gesagt?«, frage ich.

Aber sie hören mich nicht.

»Jeder hat das Recht, auf seine Weise unglücklich zu werden!«, murrt der Lehrer. »Abscheulich!«

»Warum darf Mama das nicht sagen?«, frage ich.

»Darum nicht«, sagt der Lehrer.

»Sagst du manche Sachen nicht, wenn Kinder dabei sind?«

»Natürlich«, brummt der Lehrer.

»Was für Sachen denn?«, frage ich.

»Da hast du's, Walter«, sagt meine Mutter. »Jetzt geht's dir an den Kragen!«

»Etwa über Sex?«, frage ich.

»Zum Beispiel«, sagt der Lehrer.

»Und was noch?«

»Das werd ich dir jetzt bestimmt nicht auf die Nase binden«, sagt der Lehrer. »Für manche Sachen bist du noch nicht groß genug.«

»Für was für Sachen?«, zieht meine Mutter ihn auf.

Der Lehrer zuckt die Schultern und nimmt noch einen Schluck Bier.

»Ich geh nach oben«, sage ich. »Dann könnt ihr reden, worüber ihr wollt.«

»Nein, Polleke«, sagt meine Mutter. »Du bleibst hier. Wir reden jetzt schön über verbotene Sachen.«

Aber ich hab keine Lust, den Lehrer zu ärgern. Ich stehe auf und gehe aus dem Wohnzimmer. Als ich auf der Treppe bin, fängt meine Mutter an zu schreien. »Ich heirate dich, obwohl ich weiß, dass es mich unglücklich macht!«

Es wird ein langer Streit, das weiß ich jetzt schon. Morgen geh ich von Spieks Geld Lakritz kaufen. Was soll's. Ich hab das Recht, auf meine Weise süchtig zu sein.

# **SIEBTES KAPITEL**, IN DEM ES DARUM GEHT, DASS ICH EINEN BRIEF KRIEGE, IN DEM EIN GEDICHT VERSTECKT IST, UND DARUM, WAS MAN AUF DER WELT SOLL

Als ich am nächsten Tag aus der Schule kam, guckte ich in der Straße, ob Spiek da war. Aber er war nicht da. Ich wartete ein Weilchen, dann ging ich ins Haus. Auf der Matte lag ein zusammengefaltetes Stück Papier. Es war ein Brief.

*Meine liebe Polleke,*
*ich traue mich nicht zu kommen, denn ich habe kein Gedicht. Weißt du, für dich ist es nicht schwierig, Gedichte zu machen. Für mich wohl. Früher wusste ich nicht, warum. Jetzt weiß ich es. Hast du schon mal von dem Wort* Talent *gehört? Talent heißt so viel wie Begabung. Manche Menschen bekommen bei der Geburt etwas mit, das Begabung oder Talent heißt. Man kann zum Beispiel eine Begabung für Musik oder zum Schreinern haben.*
*Du hast Talent, Gedichte zu machen. Du bist eine geborene Dichterin.*
*Als ich so alt war wie du, habe ich davon geträumt, Dichter*

*zu sein. Ich dachte, ich hätte Talent. Aber ich habe kein Talent, Polleke. Ich bin kein Dichter, es tut mir leid.*
*Du willst Gedichte machen, ich wollte* Dichter sein. *Echte Dichter wollen nicht* Dichter sein, *echte Dichter wollen Gedichte machen.*
*Als Kind schien es mir großartig, Dichter zu sein. In der großen, weiten Welt zu leben, wo aufregende Sachen passieren. Ich wollte nicht als Bauer in einem Dorf wohnen. Jeder Tag sollte ein Abenteuer sein. Ich dachte, ein Dichter wär so eine Art Vogel unter den Menschen. Dass er nur den Schnabel aufmachen müsste, um zu singen. Ich begriff nicht, dass Dichten* Arbeit *ist. Dass man jahrelang üben muss und dass erst dann die Gedichte kommen … wenn man Talent hat.*
*Du und ich werden uns daran gewöhnen müssen, dass ich kein Dichter bin.*
*Was ich stattdessen bin, weiß ich nicht. Ich weiß auch nicht genau, ob ich es überhaupt wissen will. Vielleicht habe ich Angst davor, nichts zu sein. Das sage ich nicht aus Selbstmitleid. Ich glaube, ich bin ein netter Mann. Aber ich weiß nicht, was ich auf der Welt soll.*
*Ich hoffe, dieser Brief reicht aus* anstelle *eines Gedichts.*
*Alles Liebe,*
*dein Papa*

*PS. Dankst du Gott für die schönen Kleider? Ich weiß nicht, wo er wohnt.*
*Spiek*

Ich las den Brief drei Mal, dann faltete ich ihn zusammen. Ich hatte gelernt, dass ich Spiek nicht immer glauben durfte. Ich glaubte ihm auch jetzt nicht. Wenn er kein Dichter war, was war er dann? Und das Gerede über Talent war doch nur eine faule Ausrede.

*Talent hab ich noch nie gesehn,*
*ich kann ja nicht mal Gott verstehn.*

Trotzdem machte mich der Brief traurig. »Ich weiß nicht, was ich auf der Welt soll«, hatte Spiek geschrieben. Oje! Das fand ich vielleicht dumm! Echt wahr. Was soll man schon auf der Welt? Na, einfach laufen und spielen und lernen und lachen und was-weiß-ich-noch-alles. Die Frage ist, was man auf der Welt NICHT soll. Elefanten wegen ihrer Stoßzähne erschießen, das soll man nicht tun. Das Licht brennen lassen, wenn es hell genug ist. NICHT TUN. Briefe schreiben, von denen jemand anders traurig wird. NICHT TUN. Es gibt eine ganze Menge, was man nicht tun soll. Aber die meisten Dinge soll man tun. Wenn mich also jemand fragt: »Was soll ich auf der Welt?«, dann sage ich: »Fast alles und ein paar Sachen nicht.«

Ich überlegte, dass Spiek das sicher auch wusste, und deshalb glaubte ich ihm noch weniger. Auf einmal kein Dichter mehr sein, was?, dachte ich wütend, das hast du dir so gedacht!

*Dein Kopf ist wie ein Käfig,*
*in dem ein Vogel nur noch frisst,*
*den Schnabel hält und ganz vergisst,*
*dass er schön singen kann.*
*Das macht ihn traurig irgendwann.*

Siehst du, Spiek? Dieses Gedicht hab ich aus deinem Brief geholt! Es war darin versteckt, aber ich hab es gefunden. Eigentlich ist es also dein Gedicht. Du hast es nur nicht entdeckt, weil du zu viel um die Ohren hast.

Und das mit Gott finde ich auch so dumm! Spiek hält mich wohl für total kindisch. Gott wohnt nicht irgendwo in einem Haus. Gott wohnt überall und nirgends. Gott ist obdachlos, genau wie er.

Huch, als ich das hinschrieb, kriegte ich einen Schreck. Ich wusste nicht, dass ich es wusste, wisst ihr? Dass Spiek obdachlos ist, meine ich. Ich dachte, ich hätte geglaubt, er schläft irgendwo bei Freunden, aber das hab ich also gar nicht geglaubt. Ich wusste, dass er obdachlos ist, noch bevor ich es wusste.

Ich ging nach draußen. Da war niemand zu sehen, also setzte ich mich auf den Bordstein. Es war wie im Film. Ein Kind, das sehr traurig war und sich auf den Bordstein setzte. Das Kind war sehr einsam. Es hatte niemanden mehr, nur noch eine Mutter und einen Opa und eine Oma und einen Freund und eine Freundin und einen obdachlosen Vater und ein Kalb und einen Lehrer. Und alle, die das Kind da sitzen sahen, dachten: Ach je, was ist das für ein trauriges Kind. Vielleicht müssen wir im Fernsehen eine Kampagne für das Kind starten. Damit es sich jeden Tag eine leckere Tüte Lakritz kaufen kann. Denn sie wussten nicht, dass das Kind an dem Tag schon eine ganze Tüte Lakritz auf einmal gegessen hatte.

»Hallo, Polleke«, sagte jemand. »Du sitzt da ja gemütlich auf dem Bordstein!«

Es war meine Mutter.

Gemütlich! Ganz bestimmt! Das fehlte gerade noch.

Sie lehnte ihr Fahrrad an die Hauswand. Ich hörte, wie die Tür aufging. »Kommst du eine Tasse Tee trinken?«, fragte sie.

»Nein«, sagte ich. »Keine Lust.«

»Na, macht nichts«, sagte sie. »Dann bleib mal schön da sitzen.«

Rums, machte die Tür. Und weg war sie. Dafür hat man nun eine Mutter! Die hat nichts gemerkt! Überhaupt nichts! Wenn ich später Mutter bin und mein Kind auf dem Bordstein sitzen sehe, dann hebe ich es hoch und trage es ins Haus. Und dann tröste ich es den ganzen Tag. Und wenn es dann einen Beste-Mutter-der-Welt-Wettbewerb gibt, gewinne ich den mit links.

Kurze Zeit später kam der Lehrer. Er sagte: »Hallo, Polleke.«

Ich sagte mit trauriger Stimme: »Hallo.«

Da setzte er sich neben mich auf den Bordstein. Er sagte nichts. Er saß einfach nur neben mir. Das fand ich sooo super von ihm!

Also dachte ich: Vielleicht ist jetzt der Zeitpunkt für ein gutes Gespräch. Ich sagte: »Was soll man auf der Welt?«

Der Lehrer dachte eine Weile nach. Dann sagte er: »Sein Bestes geben.«

Ich konnte nichts dagegen machen. Mein Mund fing ganz von selbst an zu grinsen. Sein Bestes geben! So eine Antwort macht mich wahnsinnig. Aber ich dachte: Halt dich zurück, reg dich nicht auf, er meint es nur gut. Ich sagte: »Das verstehe ich, aber ich kenne jemanden, der sein Bestes gibt und trotzdem nicht weiß, was er auf der Welt soll.«

»Ach so«, sagte der Lehrer.

»Du bist zum Beispiel Lehrer«, sagte ich. »Ist es das, was du auf der Welt sollst?«

Der Lehrer seufzte. Ich schaute ihm ins Gesicht und sah, dass er angestrengt nachdachte. Darüber war ich froh, denn meistens reden die Erwachsenen einfach irgendwas daher.

»Du gibst dein Bestes«, sagte ich. »Du versuchst der beste Lehrer der Welt zu werden. Ein Lehrer, der so berühmt ist, dass zum Beispiel der Kaiser von China nach Holland kommt, um dich zu bestaunen.«

Der Lehrer kicherte. »China hat keinen Kaiser mehr«, sagte er.

»Dann eben der Kaiser von Japan«, sagte ich.

»Nicht jeder, der sein Bestes gibt, wird berühmt, Polleke«, sagte der Lehrer. »Das muss man auch nicht, deine Mutter zum Beispiel …«

»Nein, aber«, sagte ich, »muss man auf der Welt denn nichts weiter tun als sein Bestes geben?«

»Nein, weiter nichts«, sagte der Lehrer.

»Wie dein Vater, als er die Flagge rausgehängt hat?«, fragte ich.

Der Lehrer starrte vor sich hin und antwortete nicht.

Ich weiß nicht, warum, aber plötzlich fing es mich überall an zu jucken. Ich kratzte mich kräftig am Kopf.

»Du hast doch keine Läuse, oder?«, fragte der Lehrer. Er rückte ein Stück von mir ab.

»NEIN«, rief ich. »ICH HAB KEINE LÄUSE, ABER ES JUCKT TROTZDEM.«

Er stand auf. »Ich geh mal rein«, sagte er. »Und wenn du noch Fragen hast, kannst du ruhig zu mir kommen, ja?«

Ich nickte.

»Machst du das, Polleke?«

»Ja«, sagte ich. Ich rutschte vor und zurück über den Bordstein. Denn plötzlich juckte es mich auch am Po!

Bei mir war richtig was los: Kurz darauf kam Mimun und setzte sich neben mich. Er sah mir ins Gesicht und sagte: »Es hat bestimmt mit Spiek zu tun, stimmt's?«

»Ja«, sagte ich.

Er sagte nichts. Es dauerte lange. Ich dachte: Herrje, sag doch endlich was, und da fing er zum Glück an zu reden.

»Mein Vater hat gestern gesagt: ›Spiek, das ist ein anständiger Kerl, trotz allem.‹ Ich hab gefragt: ›Warum?‹ ›Weißt du‹, sagte mein Vater, ›als wir hier in die Straße gezogen sind, kam ein einziger Niederländer auf uns zu. Das war Spiek. Er hat gesagt: Herzlich willkommen in der Straße, kann ich helfen?‹ Und dann hat er uns beim Umzug geholfen.‹ Das haben meine Eltern nie vergessen.«

Mimun guckte mich von der Seite an, aber ich wagte nicht zurückzugucken, denn ich merkte, dass ich dann anfangen würde zu heulen. Bah! Ich immer mit meinem Geheule. Ich kratzte mich kräftig am Kopf.

»Bist du sauer auf mich?«, fragte Mimun.

Jungs sind manchmal sooo blöd! »Nee«, sagte ich. Aber ich guckte weiter in die andere Richtung. »Sag mal, Mimun, was, findest du, soll man auf der Welt?«

Er brauchte nicht nachzudenken. Er sagte: »Hart arbeiten, damit die eigenen Kinder es einmal besser haben als man selbst.«

Das war eine merkwürdige Antwort, mit der ich nicht viel anfangen konnte.

»Mein Vater ist in Marokko zur Grundschule gegangen«, sagte Mimun. »Und das war alles. Ich kann weiter lernen und meine Kinder können noch weiter lernen. Die werden vielleicht sogar Arzt oder Anwalt.«

Jetzt verstand ich, was er meinte. Aber es war, als ob das nicht helfen würde. Es war, als ob ich nach einer ganz anderen Antwort suchte. »Weißt du«, sagte ich, »wenn es Spiek nicht gäbe, wäre ich nie Dichterin geworden, aber er selbst weiß nicht, was er machen soll.«

»Er weiß ganz genau, was er machen soll«, sagte Mimun.

»Was denn?«, fragte ich beklommen, denn eigentlich kannte ich die Antwort schon.

»Einen Entzug«, sagte Mimun.

Ich antwortete nicht, denn was kann man schon sagen, wenn jemand so schrecklich recht hat?

»Das musst du ihm sagen«, sagte Mimun.

Und da war es wieder so weit. Ich konnte mich wieder nicht beherrschen. Buhu! Buhu!

»Wenn du es ihm nicht sagst«, sagte Mimun, »wer sagt es ihm dann?«

»Niemand!«, schniefte ich. »Niemand auf der ganzen Welt!«

Mimun fasste meine Hand, einfach so, mitten auf der Straße, wo alle es sehen konnten. Caro kam aus dem Haus und auf uns zu. Mimun ließ meine Hand nicht los. Caro blieb vor uns stehen.

»So«, sagte sie. »Haltet ihr schön Händchen? Erlauben deine Mami und dein Papi das denn, Mimun?«

»Hau ab«, sagte Mimun.

Ich zog meine Hand aus seiner. Caro hatte recht. Wir waren unvorsichtig. Alle wussten, dass Mimun und ich miteinander gingen. Mimuns Eltern regten sich nicht mehr darüber auf. Aber wir mussten es trotzdem ein bisschen geheim halten. Mimun heiratet später ein Mädchen, das jetzt noch in Marokko wohnt. Und da dürfen sie nicht wissen, dass er mit mir geht.

Was soll man auf der Welt?

## **ACHTES KAPITEL**, IN DEM ICH SPIEK SUCHE, WÄHREND JEMAND ANDERS DEN TOD SUCHT

Wenn ich zu Oma und Opa fahre, nehme ich erst die Straßenbahn zum Bahnhof. Da steige ich dann in den Zug. Und danach nehme ich den Bus. In der Bahnhofshalle sind immer viele Leute. Und auch immer solche Männer. Ich meine, Männer ohne Zuhause. Obdachlose.

Wenn ich diese Männer sehe, muss ich immer an Spiek denken.

Am nächsten Tag kam Spiek immer noch nicht und am Tag darauf auch nicht. Ich fing an, mir Sorgen zu machen, also beschloss ich, ihn suchen zu gehen. Ich erzählte niemandem davon.

Wo sollte ich suchen? Seit ich das Wort »obdachlos« gefunden hatte, wusste ich ungefähr, wo ich gucken musste. Wenn man elf ist, so wie ich, und wenn man in der Stadt wohnt, so wie ich, dann weiß man, wo man Obdachlose findet. Im Bahnhof hatte ich sie schon gesehen. Im überdachten Einkaufszentrum. Oder bei schönem Wetter auf den Parkbänken.

Ich ging zum Bahnhof. Die Männer standen immer in derselben Ecke der Bahnhofshalle. Oder sie saßen. Sie rauchten und tranken. Spiek war nie dabei. Diesmal auch nicht. Ich dachte: Ein Glück, so schlimm steht es nicht um Spiek. Spiek hat neue Kleider. Denn diese Männer sahen verwahrlost aus. Schmutzige Kleider, schmutzige Haare.

Ich lief in der Halle auf und ab. Ich behielt die Männer im Auge. Ich ging immer näher heran, aber ich wusste nicht, was ich machen sollte. Ein Mann war dabei, der ziemlich vornehm aussah. Ein ordentlicher Anzug mit nur ein paar Flecken drauf. Krawatte. Gekämmte Haare. Rasiert war er auch. Aber er gehörte doch dazu. Er redete und lachte mit den anderen.

Ich war jetzt so nah bei ihnen, dass ich verstehen konnte, was sie sagten, aber ich begriff nicht, worum es ging.

»He, Kleine, suchst du was?«, hörte ich auf einmal jemanden sagen.

Ich erschrak zu Tode. Ich sah dem vornehmen Mann ins Gesicht. »Nein«, sagte ich.

»Aha«, sagte der Mann. »Wartest du auf jemanden?«

»Nein«, sagte ich.

»Was machst du dann hier?«

»Nichts«, sagte ich.

»Hey, Fritz, bist du neuerdings pädo?«, rief ein Junge mit zwei blonden geflochtenen Zöpfen. Er kicherte, und ich konnte seine faulen Zähne sehen.

Der vornehme Mann drehte sich um. »Willste eins in die Fresse, oder soll ich dich an deinen hübschen Zöpfchen aufknöpfen?«, fragte er.

»War doch nur Spaß!«, rief der Zopf und wich ein Stück zurück.

Der vornehme Mann lächelte mich an. Er hatte normale Zähne. »Das hier ist kein Ort für Kinder«, sagte er. »Geh mal lieber nach Hause.«

»Ja«, sagte ich. Ich drehte mich um und ging weiter. Ich wollte nach Hause gehen, aber dann überlegte ich es mir anders. Ich kehrte um. Der vornehme Mann stand vor dem Jungen mit den Zöpfen. Ihre Nasen berührten sich fast. Es war ein bisschen unheimlich. Ich tippte dem vornehmen Mann auf den Rücken. Mit einem Ruck drehte er sich um und sah mich wütend an. »Ach so«, sagte er dann. »Du bist es.«

»Ja«, sagte ich.

Sein Gesicht wurde langsam freundlich.

»Ich suche jemanden«, sagte ich.

Der Mann nickte. Er holte ein Päckchen Tabak aus der Manteltasche und drehte sich eine Zigarette. »Wir alle suchen irgendjemanden«, sagte er. »Ich auch. Und am Ende suchen wir den Tod.«

»Hehehehe«, kicherte der Zopf.

»Ich aber nicht«, sagte ich. »Ich such meinen Vater.«

»Zisch mal ab hier, Alter«, sagte der vornehme Mann, und der Zopf ging ein paar Meter weiter.

»Deinen Vater?«, fragte der vornehme Mann. »Ich wünschte, meine Jungs würden das tun. Die nehmen Reißaus, wenn sie mich nur von Weitem sehen.«

»Er heißt Spiek«, sagte ich.

»Die wollen mich nicht sehen«, sagte der vornehme Mann. »Sie haben mich nämlich vor die Tür gesetzt.«

»Wieso?«, fragte ich.

»Weil ich zu viel trinke«, sagte der vornehme Mann. »Und dann werde ich aggressiv. Ich schlag die Möbel kurz und klein, ich schmeiß den Fernseher aus dem Fenster und so. Das ist natürlich ein teurer Spaß.«

»Spiek macht nichts kaputt«, sagte ich. »Er ist eigentlich Dichter, auch wenn er denkt, er wär keiner.«

*»Sonne und See springen blitzend auf:*
*Fächer aus Feuer und Seide;*
*an blauen Bergen des Morgens*
*streift der Wind wie eine Antilope vorbei«,*

sagte der vornehme Mann. »Das Gedicht ist natürlich noch länger, aber weiter weiß ich nicht. Der Alkohol, weißt du?«

»Das war schön!«, sagte ich. »Können Sie es noch mal aufsagen?«

Er sagte es noch einmal auf und noch einmal, bis ich es auswendig konnte.

Ich wusste nicht, was das Gedicht bedeutete. Es war wie Hokuspokus Fidibus. Es waren Zauberworte. »Solche Gedichte hat Spiek in seinem Kopf«, sagte ich.

Der vornehme Mann schwieg eine Weile. »Spiek, Spiek«, murmelte er dann.

Er drehte sich zu einem kleinen Mann mit Bart um. »Kennst du einen, der Spiek heißt?«

Der Bart stellte sich zu uns. Er hatte eine Flasche in der Hand. »Riek?«, fragte er.

»NEE, SPIEK!«, brüllte der vornehme Mann. »Herr Blok ist ein bisschen taub«, sagte er zu mir.

Herr Blok musste angestrengt nachdenken. Seine Stirn legte sich in bestimmt hundert Falten. »Der Name kommt mir bekannt vor«, sagte er. »Ist das nicht dieser Straßenarbeiter aus Zaandam?«

Ich schüttelte den Kopf.

»Oder der Buchhalter aus Oss?«

Ich schüttelte den Kopf.

Herr Blok legte wieder die Stirn in Falten. Er sah aus wie ein altes Wichtelmännchen. Er hob die Flasche und nahm einen Schluck. »Schreiner? Pfarrer? Lehrer? Hafenarbeiter?«, fragte er.

»Nein«, sagte ich. »Dichter.«

»Nee«, sagte Herr Blok. »Den kenn ich nicht.«

Der vornehme Mann trat seine Kippe aus. »He, weißt du was? Hast du schon mal *hinterm* Bahnhof geguckt?«

»Nein«, sagte ich.

»Dann lass uns da mal gucken gehn«, sagte der vornehme Mann und ging los.

Aber ich sagte: »Nein.« Denn ich dachte an meine Mutter. Ich dachte an: Geh *nie* mit fremden Männern mit. »Nein, ich muss nach Hause«, sagte ich.

»Da haste recht, Mädchen«, sagte der vornehme Mann. »Das hatt ich ganz vergessen. Geh *nie* mit fremden Männern mit. Niemals.«

Er drehte sich noch eine Zigarette. »Ich geh einfach allein. Wenn ich ihn finde, sag ich ihm, dass du ihn suchst.«

»Vielen Dank«, sagte ich.

»Ich weiß, wie das ist«, sagte er. »Wir alle suchen irgendjemanden. Und am Ende suchen wir den Tod.« Er drehte sich um und ging weg.

Ich winkte, aber er drehte sich nicht um.

Ich hatte gesagt, ich müsste nach Hause. Aber ich ging nicht. Als der vornehme Mann ein Stück vorausgegangen war, lief ich ihm nach. Ich behielt ihn genau im Auge. Ab und zu verschwand er in der Menschenmenge. Dann lief ich etwas schneller, bis ich ihn wieder sah. Weil ich nur auf den vornehmen Mann achtete, stieß ich gegen eine Frau. »'tschuldigung«, sagte ich. Ich sah hoch und erschrak zu Tode. Es war Frau Sorgloos! »He«, sagte sie. »Bist du nicht … äh …?« Sie kam nicht auf meinen Namen. »Nein«, sagte ich. »Ich bin jemand ganz anders.«

»Ach«, sagte sie. »Du bist also nicht … äh …?«

»Nein«, sagte ich. »Hab ich auch noch nie von gehört.«

»Da sieht man's mal wieder!«, sagte Frau Sorgloos. »Die Kinder sehen heutzutage alle gleich aus. Ich kann sie einfach nicht auseinanderhalten.«

»Genau wie die Schwarzen«, sagte ich gemein und fühlte mich sofort schlecht dabei, weil ich wusste, dass es falsch war. »Auf Wiedersehen.« Meine Mutter hatte mir nämlich erklärt, dass es Rassismus ist, zu sagen, dass alle gleich aussehen.

Ich lief schnell weiter, aber den vornehmen Mann hatte ich verloren. Ich fing an zu rennen. Der Bahnhof hat einen Vorderausgang und einen Hinterausgang. Ich rannte zum Hinterausgang. Als ich draußen war, guckte ich mich um. Der vornehme Mann war ganz in der Nähe. Er stand da und redete mit der Mauer. Das dachte ich zumindest, denn außer ihm sah ich niemanden. Ich wartete eine Weile, aber es dauerte lange. Er redete immer noch mit der Mauer. Ich überquerte die Straße und ging weiter, bis ich direkt hinter dem vornehmen Mann stand. Da sah ich, dass er nicht allein war. In der Mauer war eine Einbuchtung, und darin war eine steinerne Bank. Auf der Bank lag ein Mann unter einem Lumpenhaufen. Ich erschrak, weil ich an Spiek dachte. Ich erschrak so fürchterlich, dass mir schlecht wurde

*Am Ende suchen wir den Tod,*
*wenn wir alt und müde sind*
*und alle andern uns vergessen*
*und wir nicht mehr wissen, wohin.*

Ich rannte nach Hause. Ich wollte nicht wissen, wer der Mann unter dem Lumpenhaufen war.

Zwei Tage später fragte mich der Lehrer: »Warst du das im Bahnhof?«

»Nein«, sagte ich. Denn niemand darf erfahren, dass ich am Bahnhof war, um Spiek zu suchen. Niemand.

## **NEUNTES KAPITEL**, IN DEM ES UM RUHE UND GEKNATTER GEHT UND UM DIE FRAU EINES LADENBESITZERS

»Herr im Himmel«, betete Opa, »wir danken dir, dass Polleke wieder wohlbehalten aus dem Bus gestiegen ist. Bitte hilf ihr, trotz aller Sorgen das fröhliche Mädchen zu bleiben, das sie ist. Amen.«

Oma räusperte sich. »Ich will auch etwas beten.«

Wir falteten noch mal die Hände und machten die Augen zu.

»Lieber Gott«, sagte Oma. »Wo bleibst du jetzt? Amen.«

Ich sah, dass sie versuchte, nicht zu weinen. Sie nahm ihr Taschentuch und putzte sich die Nase. Sie war traurig wegen Spiek, das verstand ich wohl.

»Willst du noch etwas beten?«, fragte Opa.

»Ja«, sagte ich.

Zum dritten Mal falteten wir die Hände und machten die Augen zu.

»Sonne und See springen blitzend auf«, betete ich,

»Fächer aus Feuer und Kreide,
an den blauen Bergen des Morgens
streift der Wind wie eine Antilope vorbei

Hokuspokus Fidibus,

ich finde, dass Spiek jetzt hier sein muss. Amen.«

Wir machten die Augen auf und fingen an zu essen. Ich lauschte dem Geklapper der Messer und Gabeln auf den Tellern. In der Ferne muhte eine Kuh, aber es war nicht Polleke, denn die hörte sich anders an. Die Uhr auf dem Kaminsims schlug ein Mal. Weil es ein Uhr mittags war. Ich dachte: Ist es hier immer so still? Wie komisch, dass mir das früher nie aufgefallen ist.

»Das waren schöne Worte, Polleke«, sagte Opa.

Ich war froh, dass jemand etwas sagte. »Die sind aus einem Zaubergedicht«, sagte ich. »Und jetzt wollt ihr bestimmt wissen, was ein Zaubergedicht ist, oder?«

»Ja«, sagte Opa. »Du doch auch, nicht wahr, Marie?«

»Ja«, sagte Oma. »Das will ich gern wissen.«

»Ein Zaubergedicht hat Zauberkräfte«, sagte ich. »Wenn man es laut aufsagt, fängt man im Kopf praktisch an zu schweben. Wenn man zum Beispiel *blaue Berge* oder *Antilope* sagt, dann schwebt man über Afrika. Wenn man so hoch in der Luft schwebt, kann man die Welt besser überblicken.«

Oma und Opa guckten sich an. Sie gucken sich oft an. Es ist, als würden sie ohne Worte miteinander reden. Das finde ich gar nicht so dumm.

»Polleke, wo nimmst du das nur alles her?«, fragte Oma.

Darauf wusste ich keine Antwort. Ich sagte: »Aus meinem Kopf, ganz einfach.« Irgendwas musste ich schließlich sagen.

»In deinem Kopf steckt ziemlich viel«, sagte Opa.

»Ja, das stimmt«, sagte ich. Das stimmt nämlich wirklich.

Manchmal denke ich, mein Kopf platzt, so viel steckt da drin. Wenn ich die Augen zumache, sehe ich alles Mögliche durcheinander. Mein Kopf ist ein richtiger Mülleimer.

»Bei mir steckt vor allem Stille drin«, sagte Opa. »Ich bin eher ein Hohlkopf.«

Oma fing an zu lachen. »Willem!«, gluckste sie. »Das stimmt doch überhaupt nicht!«

»In meinem Kopf herrscht eine wunderbare Stille«, sagte Opa. »Mit so anstrengenden Sachen wie Gedanken hab ich keine Last.«

»Opa redet dummes Zeug, Polleke«, sagte Oma. »Manchmal kann er nachts vor lauter Gedanken gar nicht einschlafen.«

»Stimmt nicht«, sagte Opa. »Es ist genau umgekehrt. Ich kann nachts manchmal nicht schlafen, weil in meinem Kopf so eine ohrenbetäubende Stille herrscht.«

Oma lachte schallend. »O Mann, kannst du dummes Zeug reden!«, rief sie.

Dann wurde es wieder still. Draußen streifte der Wind wie eine Antilope vorbei. Ich dachte: So viel haben Oma und Opa noch nie miteinander geredet, wenn ich dabei war. Wenn ich nicht rede, ist es meistens still. Ich dachte: Pass auf, ich sag jetzt mal eine Weile nichts, mal sehen, was dann passiert.

Aber es passierte nichts. Oma und Opa kauten endlos auf ihren Butterbroten herum, und die Uhr tickte.

»Ihr redet ohne Worte«, sagte ich.

»Nein«, sagte Opa. »Wir haben schon seit Jahren ausgeredet.«

»He, Willem!«, sagte Oma. »Was sind wir heute komisch!«

»Hör zu, Polleke«, sagte Opa. »Wir sind einfach still. Wir finden es schön, dich reden zu hören, aber wenn du nichts sagst, ist es auch gut. Wir finden die Stille nicht schlimm.«

»Das stimmt«, sagte Oma.

Ich dachte nach. Ich fand die Stille auch nicht schlimm, aber vielleicht hat sie Spiek etwas ausgemacht, als er noch hier wohnte. Die Uhr tickte laut.

»Ich rede fast immer«, sagte ich. »Deshalb denke ich, wenn es still ist: Herrje, ist es still.«

»Es ist nicht still«, sagte Oma. »Man hört den Wind.«

Ich lauschte. Ich hörte den Wind in den Bäumen rauschen. Das Haus knarrte.

»Und die Uhr«, sagte ich.

»Als die Kinder noch im Haus waren, hatte ich kein Ohr für die Stille«, sagte Oma, »aber jetzt genieße ich sie.«

Wir lauschten auf den Wind. Die Stille ist ein schönes Geräusch.

Kalb Polleke gehörte jetzt mir, weil Opa es für mich gekauft hatte. Aber wenn ich nicht da war, stand sie mit anderen Kälbern auf der Weide von Bauer Kalverboer. Und wisst ihr auch, warum? Weil Kühe nicht gern allein sind.

Als ich sie abholen ging, kam Tom mir auf einem knatternden Mofa entgegen. Er hielt neben mir, und ich merkte, wie ich rot wurde. Ich musste daran denken, dass ich ihn mit einem Mädchen hatte knutschen sehen.

»Hi«, sagte er. Knatterknatterknatter, machte das Mofa.

»Du darfst doch noch gar nicht Mofa fahren!«, schrie ich über das Geknatter hinweg.

»Ich weiß!«, schrie Tom zurück. »Willst du ein Stück mitfahren?«

Ich betrachtete das Mofa. Es war eine alte Kiste, aber es sah schnell aus. Es hatte einen länglichen Sitz, auf den zwei Leute passten.

»Okay!«, schrie ich. Ich kletterte hinter Tom auf den Sitz.

»Halt dich gut fest!«, schrie Tom.

Ich hielt mich an seinem Pullover fest. Brumm! Brumm!, brüllte das Mofa, und dann zischte es ab. Es war, als würde ich einen Schubs kriegen. Beinah wär ich hintenüber vom Sitz gefallen. Schnell schlang ich die Arme um Toms Bauch und klammerte mich an ihm fest. Ich dachte, er würde mich zum Bauernhof bringen, aber er fuhr in einem Mordstempo daran vorbei. Da dachte ich: Was würde Mimun hiervon halten? Aber gleich darauf dachte ich: Ich muss mich schließlich festhalten, oder? Jungs sind ja sooo schnell eifersüchtig!

Wir hatten ordentlich Fahrt drauf. Meine Haare flatterten im Wind, und es war ein Wahnsinnslärm.

Dann fuhren wir langsamer. Wir bogen links ab, fuhren über eine kleine Brücke und dann hubbeldihuhubbel übers Land. Hier war keine Straße mehr. Nur ein hubbeliger Weg. »Halt dich fest!«, schrie Tom und gab Gas. Das Mofa röhrte und schoss davon. Ich klammerte mich an Tom fest. Als wir über eine Kuhle fuhren, schwebte das Mofa durch die Luft und kam mit einem Rums wieder auf. Ich hörte mich selbst kreischen. Kreischende Mädchen finde ich sooo blöd, und jetzt kreischte ich selber! Als wir kurz darauf noch einmal durch die Luft segelten, kreischte ich wieder! »Hiiiiiiiiiiiiii!«

Ich glaube, Tom fuhr extra von einer Kuhle zur anderen, um mich kreischen zu hören. So was Blödes! Aber ich konnte nichts dagegen machen.

*Ich dachte an die Zeit,*
*als er mich wie einen Hut*
*in die Luft warf,*
*ganz hoch und weit.*
*Polleke schwerelos,*
*kreischend vor Angst*
*und Übermut.*
*Wenn ich glücklich bin,*
*Ist die Angst so groß.*

Wir crossten übers Land, und ich wurde grün und blau gehubbelt. Es war sooo super! Dann fuhren wir auf den Hof. Tom hielt das Mofa an. Ich stieg ab und machte vorsichtig ein paar Schritte. Mir taten sämtliche Gräten weh. Tom lehnte das Mofa an eine Mauer und sah mir mit breitem Grinsen zu, wie ich rumhumpelte. »Guck gefälligst nach vorn«, brummte ich. Aber er guckte mich weiter an.

»Du wirst später bestimmt Motocrossfahrer«, sagte ich. »Idiot!«

Ich hatte Lust, mit ihm zu schimpfen, ich weiß auch nicht, warum.

»Nee«, sagte er. »Ich werd einfach Bauer.«

Bauer! *Einfach* Bauer sagte der! Wow! Davon wurde mir ganz schön schwummrig. Ich hatte noch nie einen Jungen gesehen, der *einfach* Bauer werden wollte.

»Und deine Freundin?«, fragte ich. »Will die Bäuerin werden?«

»Welche Freundin?«, fragte Tom.

Ich bin ja nicht auf den Mund gefallen, aber darauf wusste ich wirklich nichts zu sagen. Ich dachte: Das Mädchen, mit dem du rumgeknutscht hast, du Blödmann. Ich sagte es nicht laut, aber ich wurde zinnoberrot (Zinnober? Was ist Zinnober?). »Stell dich nicht dümmer, als du bist, deine Freundin eben.« Ich drehte mich um und ging zu Pollekes Weide.

Tom kam mir nach. »Meinst du Yvonne?«, fragte er.

»Ja, du meine Güte noch mal!«, rief ich. »Was weiß denn ich? Du wirst doch wohl wissen, wie deine Freundin heißt? Idiot!« Ich hatte noch immer große Lust, mit ihm zu schimpfen.

»Ja, aber, sie ist nicht meine Freundin«, sagte Tom.

»Was?« Ich drehte mich um und blieb stehen. »Willst du etwa sagen, dass du ein Mädchen geküsst hast, das nicht deine Freundin ist?« Ehe ich mich's versah, war es auch schon raus. Ich hatte gar nichts sagen wollen. Und ich hatte ganz bestimmt nichts sagen wollen, in dem das Wort *küssen* vorkam. Schnell wandte ich mich ab und ging weiter zur Weide. Mit dem Idioten will ich nichts zu tun haben, dachte ich. Ich hole mein Kalb ab, und fertig.

»Äh, ja«, sagte Tom.

»Was ja?«, schnauzte ich ihn an.

»Ich äh, ich hab ein Mädchen äh geküsst äh, das nicht meine äh Freundin äh ist«, stammelte er.

»Ach so«, sagte ich. Mehr fiel mir nicht ein. Wir waren jetzt bei Pollekes Weide angekommen. »Polleke!«, rief ich. Zusammen mit anderen Kälbern kam sie angelaufen. Ich kletterte über den Zaun und lief ihr entgegen. Sie war wild, sie schubste mich fast um. Aber ich schlang die Arme um ihren Hals und hielt mich ganz fest. Tom stand noch immer am Zaun. Er sah uns an, und ich dachte: Idiot!

Als Polleke sich beruhigt hatte, fasste ich sie am Halsband und nahm sie mit. An Tom vorbei gingen wir über den Hof und zur Straße.

Ich drehte mich zum Abschied nicht um. Dafür war ich zu verlegen, obwohl ich nicht wusste, warum.

Oma und Opa erzählte ich nichts von Tom und seinem Mofa, das ist ja wohl klar.

Ein paar Tage später fragte ich Mimun: »Was willst du später mal werden?«

»Ladenbesitzer«, sagte Mimun.

»Aha«, sagte ich. »Schön.«

Mein Kopf fing ein bisschen an zu jucken, deshalb ließ ich seine Hand los und kratzte mich.

»Willst du gar nicht wissen, was für einen Laden ich haben möchte?«, fragte Mimun.

»Doch«, sagte ich.

»Obst und Gemüse«, sagte Mimun.

»Wow«, sagte ich. »Schade, dass wir nicht heiraten können. Dann wär ich Ladenbesitzerin.«

»Ja«, sagte Mimun. »Das würde dir auch gefallen, was, ein Obst- und Gemüseladen?«

»Und wie«, sagte ich. »Ich bin verrückt nach Gemüse.«

## **ZEHNTES KAPITEL,** IN DEM ES UM SEERÄUBER UND VORAUSWISSER GEHT UND UM EIN HAUS VOLLER JUNKIES

»Meinst du, es ist gut, dass Walter und ich heiraten?«, fragte meine Mutter.

»Mensch!«, rief ich. »Ich bin erst elf! Woher soll ich das wissen?«

Meine Mutter seufzte. Wir standen in unserem Gärtchen und hängten Wäsche auf. Heimlich sah ich ihr ins Gesicht. Sie schien über etwas nachzugrübeln. Da hatte ich einen Vorauswisser. Ich wusste, was sie sagen würde. Echt wahr. *Wenn du es nicht gut findest, tu ich es nicht.*

»Wenn du es nicht gut findest, tu ich es nicht«, sagte sie.

»Okay«, sagte ich. »Dann tu es nicht.«

»WAS?«, rief sie erschrocken.

»Okay«, sagte ich. »Tu's ruhig.«

Sie guckte kläglich drein. Stellt euch das vor! Jemand, der einsdreiundachtzig groß ist und kläglich dreinguckt. Davon kriegte ich Mitleid. Und Juckreiz.

»Du bist mir auch keine Hilfe«, sagte sie.

»Hättst du eben eine andere Tochter nehmen müssen.«

Darauf konnte sie nichts sagen, denn sie hatte eine Wäscheklammer im Mund. Manche Frauen nehmen Stecknadeln in den Mund. Bei meiner Mutter sind's Wäscheklammern.

Sie nahm die Klammer aus dem Mund, um eine Bluse von mir an die Leine zu hängen. »Weißt du, warum ich mich in Spiek verliebt hab?«, fragte sie.

Ich schüttelte den Kopf.

»Es war auf einem Fest, da kam er als Seeräuber verkleidet. Er hatte sich das Gesicht braun angemalt, und über einem Auge trug er eine Augenklappe«, sagte sie. »Ich bin auf der Stelle tot umgefallen, echt wahr.«

Ich kicherte, denn ich sah meine Mutter vor mir, wie sie längelang auf den Boden schlug. Rums!

»Und jetzt stelle ich mir immer vor, wie es wäre, wenn Walter sich als Seeräuber verkleiden würde …« Sie sprach den Satz nicht zu Ende.

»Ja und, was dann?«, fragte ich.

Sie zuckte die Schultern. »Ich weiß nicht«, sagte sie. Sie hängte eine von Walters Unterhosen an die Leine. »Wenn man sich zum Beispiel mal so eine Unterhose anguckt«, sagte sie. »Nicht gerade das, was man eine Seeräuberunterhose nennt, oder?«

»Mama«, kicherte ich. »Du willst doch jetzt nicht wegen einer Unterhose rummeckern!«

»Auf die kleinen Dinge kommt es an, kommt es an«, sang sie. Ich ging ins Haus und schrieb einen Brief an den Lehrer.

*Lieber Lehrer Walter,*
*wenn es zum Beispiel mal ein Fest gibt, musst du dich als Seeräuber verkleiden.*
*Und kauf dir so bald wie möglich neue Unterhosen. Und zwar nicht solche aus Wolle!*
*Polleke*

Ich steckte den Brief in einen Briefumschlag und legte ihn auf den Tisch. *Für Lehrer Walter*, schrieb ich darauf. Dann klingelte es. Es war ein gefährliches Klingeln. Ihr wisst schon. Manchmal hört man schon am Klingeln, dass irgendwas ist.

Meine Mutter und ich liefen beide zur Tür, aber ich war zuerst da. Es war Mimun. Er sah erst zu mir, dann zu meiner Mutter hinter mir. »Du musst rauskommen«, sagte er.

»Weshalb, Mimun? Ist was?«, fragte meine Mutter.

»Nein, nein«, sagte Mimun, aber ich sah ihm an, dass etwas war. »Nur so, ob sie zum Spielen rauskommt.«

»Aha«, sagte meine Mutter. Sie glaubte ihm kein Wort.

Ich zog mir schnell die Jacke über. »Gut«, sagte ich. »Tschüs, Mama.«

Sie ging mit mir zur Tür hinaus und guckte die Straße runter, aber da war nichts Besonderes zu sehen.

Wir gingen weg.

»Was ist denn jetzt?«, flüsterte ich.

»Warte noch einen Moment«, flüsterte Mimun zurück.

Ich hörte, wie eine Tür zuschlug. Meine Mutter war wieder ins Haus gegangen.

»Ich hab Spiek gefunden«, sagte Mimun. »Er wartet an der Ecke auf dich.«

Ich blieb stehen und schnappte nach Luft.

»Was ist?«, fragte Mimun.

»Ich weiß nicht«, sagte ich. Ich spürte, wie mein Herz hämmerte. Ich wusste, warum. Ich machte mir Sorgen. »Ich gehe nicht«, sagte ich. »Sag ihm, wenn er mich sehen will, soll er zu unserem Haus kommen.«

»Ich hab die halbe Stadt nach ihm durchkämmt«, sagte Mimun. »Und jetzt willst du ihn nicht sehen?«

Ich schaute in seine schwarzen Augen, und mir wurde furchtbar schwummrig.

Wie lieb du doch bist, dachte ich, und das war er wirklich. »Okay«, sagte ich und ging weiter.

An der Ecke stand Spiek mit dem Rücken zur Mauer. Er sah nicht aus wie ein Seeräuber. Er hatte seine alten Sachen an.

Ich ging zu ihm, schlang ihm die Arme um den Bauch und presste das Gesicht an seine Brust. So musste ich ihm nicht ins Gesicht gucken. Ich fühlte seine Hand auf meinem Kopf.

»Wo warst du denn, du Dummkopf?«, sagte ich.

Er gab keine Antwort.

Ich merkte, dass ich kurz vorm Heulen war. Deshalb beschloss ich, lieber wütend zu werden. Ich nahm die Hände weg und drückte gegen seinen Bauch. »Wo sind deine neuen Sachen? Warum läufst du immer noch in diesen Lumpen rum?«

»Geklaut«, murmelte er.

»WAS?«

Er guckte weg.

»Geklaut?«, schrie ich. »Wo und von wem?«

Ich fühle mich sooo mies. Noch nie hatte ich Spiek so sehr nicht geglaubt. Er log! Er log wie gedruckt! Ich wusste, was er mit seinen neuen Sachen gemacht hatte. Ich wusste es, aber ich schreibe es nicht hin, denn ich muss ja nicht alles erzählen.

Er zuckte die Schultern. Da erst sah ich ihm ins Gesicht. Er sah müde aus. Noch etwas war in seinem Gesicht, für das ich nicht sofort ein Wort wusste. Aber jetzt weiß ich es: Es heißt Hoffnungslosigkeit.

Das machte mich noch wütender.

»Hast du ein Gedicht?«, schrie ich.

»Nein«, sagte er. »Hast du meinen Brief nicht gelesen?«

»Doch«, schrie ich. »Aber ich glaub dir nicht!«

Mimun guckte die ganze Zeit auf seine Schuhe oder kratzte sich am Hals. Plötzlich sagte er: »Polleke, so kannst du doch nicht mit deinem Vater reden!«

»MISCH DU DICH DA NICHT EIN!«, brüllte ich. »DU VERSTEHST VIELLEICHT WAS VON GEMÜSE, ABER NICHT VON MEINEM VATER!«

Sofort tat es mir leid. Ich kann manchmal sooo gemein sein! Es war, als hätte er einen Schlag ins Gesicht gekriegt, so niedergeschlagen schaute er mich an. Dann sah er zu Boden.

Was jetzt, dachte ich, was jetzt? Wo ist das Wort, das ich jetzt brauche? »Am Ende suchen wir den Tod«, hörte ich den vornehmen Mann sagen und bekam Gänsehaut.

Ich sagte: »Papa, was ist bloß mit dir?«

Spiek seufzte. Dann räusperte er sich und seufzte noch

mal. »Das weißt du ganz gut«, sagte er. »Aber ich will dir was anderes sagen. Du hast nichts davon, aber ich will's doch sagen. Du kannst es nicht ändern, dass ich bin, wie ich bin. Es hat nichts mit dir zu tun, Polleke.«

Also echt! Was war das denn für ein bescheuerter Spruch? Das wusste ich auch selber! Was wollte Spiek damit sagen?

»Sag's jetzt, Polleke«, sagte Mimun.

»Hä?«, fragte ich. »Was 'n?«

»Wo wir neulich drüber gesprochen haben«, sagte Mimun. »Weißt du noch?«

»Ach so«, sagte ich. Jetzt wusste ich es wieder. Ich versuchte es zu sagen, aber ich fühlte mich wie ein Pferd, das einen Karren voller Steine über eine Brücke ziehen soll. Es blieb lange still, und mir brach der Schweiß aus.

»Du musst einen Entzug machen«, sagte ich leise. Ich wagte ihn nicht anzugucken.

Er sagte nichts.

Also setzte ich wieder an, meinen Karren über die Brücke zu ziehen.

»Du musst einen Entzug machen«, sagte ich. »Sonst halt ich's nicht mehr aus.«

Er sagte immer noch nichts.

»Vielleicht halt ich's wieder aus, wenn ich fünfzehn oder sechzehn bin«, sagte ich, »aber jetzt nicht.«

Ich hatte schon wieder einen Vorauswisser. Er würde *Ich werd mein Bestes geben* sagen, und ich würde ihm einen fürchterlichen Tritt verpassen. Aber es war ein falscher Vorauswisser, denn er sagte etwas ganz anderes. Er sagte: »Okay, wenn du mitkommst.«

Ich begriff nicht gleich, dass er Ja gesagt hatte. Für mich war es eine verrückte Antwort, aus der ich nicht schlau wurde. »Was?«, fragte ich.

Dann erklärte er mir, was er meinte. Es war eine lange Geschichte.

»O nein«, rief meine Mutter. »Das kommt überhaupt nicht infrage!«

Ich rief Oma und Opa an. »Du kommst einfach den Sommer über hierher, und damit basta«, sagte Opa.

»Was denken die sich!«, sagte Oma. »Das ist doch kein Ort für ein Kind!«

»Da langweilst du dich zu Tode, wirst schon sehen«, sagte Caro.

»Das musst du selber wissen«, sagte Mimun.

Und der Lehrer? Der sagte, dass wir darüber mal in Ruhe reden müssten.

»Was heißt hier reden?«, rief meine Mutter wütend. »Mein Kind wird nicht sechs Wochen lang in einem Haus voller Junkies wohnen.«

»Ist ja gut«, sagte der Lehrer. »Ich sag ja schon nichts mehr.«

Meine Mutter legte sich eine Hand vor die Augen und ließ sich in einen Sessel fallen. Es war wie in einem Theaterstück. »Was gibt's da zu reden?«, fragte sie.

»Na, also, erstens«, sagte der Lehrer, »wird sie nicht einfach so in einem Haus voller Junkies wohnen – sie wird mit ihrem *Vater* in einem Haus voller Junkies wohnen.«

»Ja!«, rief meine Mutter. »Na, das macht die Sache ja wirklich viel besser. Mit Spiek in einem Haus voller Junkies! Das ist so wie … äh …« Sie kam nicht so schnell auf den passenden Vergleich.

»Außerdem wird sie nicht in einem Haus voller Junkies wohnen, sondern in einem Haus voller Junkies, die mithilfe anderer Menschen einen Entzug machen wollen«, sagte der Lehrer. »Die wohnen da ja auch. Da sind auch Leute, die sich um die Kinder kümmern. Es ist eine Art Familienhaus für Suchtkranke.«

Ich staunte. Woher wusste der Lehrer das alles?

»Mit Spiek in einem Haus voller Junkies, das ist genau wie … äh …«, sagte meine Mutter. Sie kam immer noch nicht auf den passenden Vergleich.

»Wie ein Elefant im Porzellanladen?«, schlug ich vor.

»Nein, das ist es nicht«, sagte meine Mutter. Sie hatte Falten auf der Stirn vom Nachdenken.

»Wie der Ochs vorm Scheunentor?«, schlug ich jetzt vor.

»Was sagst du eigentlich selbst dazu?«, fragte sie plötzlich. »Hältst du es einen ganzen Sommer ohne dein Kalb aus?«

Ah! Daran hatte ich natürlich auch sofort gedacht. Und schon bei dem bloßen Gedanken stiegen mir Tränen in die Augen. Sechs Wochen ohne Polleke! Sechs ganze Wochen!

»Warum verlangt der Kerl das von einem Kind?«, fragte meine Mutter. »Warum geht er nicht allein?«

»Na ja«, sagte der Lehrer. »Das verstehst du doch wohl, oder?«

Ich hätte ihn umarmen können. Der Lehrer war echt großartig.

»Nein!«, rief meine Mutter. »Das verstehe ich nicht. Dieser verdammte Egoist!«

»Na gut«, sagte der Lehrer. »Du musst es ja auch nicht verstehen. Es kommt darauf an, dass Polleke es versteht und dass Polleke ihren Vater begleiten will. Darauf kommt es an. Die Frage ist also, ob du es Polleke verbietest oder nicht.«

Meine Mutter stöhnte und sagte: »Das nenne ich verantwortungsvolle Erziehung.«

Ich dachte: Jetzt brauchen wir mal eine Pause. Deshalb sagte ich: »Wollt ihr was trinken?«

Meine Mutter wollte einen Saft. »Und du, Papa?«, fragte ich. Ich wurde knallrot. »Walter, meine ich.«

Der Lehrer wurde mindestens so rot wie ich. »Hast du Tee?«, fragte er.

Ich brachte Tee und einen Saft.

# **ELFTES KAPITEL**, IN DEM ES UM EIN STRASSENFEST GEHT MIT MARSMÄNNCHEN, SUPERMAN, EINEM ORIENTALISCHEN PRINZEN, EINEM SEERÄUBER UND NOCH JEMANDEM

So was Witziges! Caro und ich sind als Marsmännchen verkleidet. Wir haben uns das Gesicht grün angemalt. Auf dem Kopf haben wir eine Antenne. Und wir haben ein Kostüm mit grünen Schuppen an. »Bliep bliep«, rufen wir die ganze Zeit. Marsmännchen reden nämlich in Blieps.

Beim Gehen merke ich, wie meine Antenne wackelt. Wenn ich tanze, fängt sie an zu wippen. Caro ist ein bisschen affig, deshalb hat sie sich die Lippen rot geschminkt. Das sieht vielleicht aus! Caro mit roten Lippen! Ich lache mich jedes Mal kringelig, wenn ich sie angucke.

In unserer Straße ist ein Fest. Es dürfen keine Autos fahren. Aus großen Boxen dröhnt laute Musik, und wir machen Spiele.

Auf dem Fest sind eine Menge komischer Gestalten. Die Cowboys, Elfen und Zwerge sind ja noch ziemlich normal. Aber da ist auch ein Mini-Quasimodo mit einem hässlichen Buckel auf dem Rücken. Und ein kleines Frankensteinmonster mit gruseligen Narben im Gesicht. Und eine Madonna mit Plastikbrüsten. So witzig!

Es sind noch nicht viele Erwachsene auf der Straße. Die meisten sind noch dabei, sich zu verkleiden. Ich weiß, als was meine Mutter geht, aber das soll eine Überraschung sein. Da sehe ich Superman ankommen. Es ist ein langer, hagerer Superman mit dünnen Beinen und Brille. Sein Umhang flattert wie eine Fahne. Es ist der Lehrer. Und dabei hatte ich doch noch extra gesagt, er soll als Seeräuber gehen! So ein Sturkopf!

Caro und ich laufen zu ihm hin und springen um ihn herum. »Bliep bliep, bliep bliep!«

»Wie seh ich aus?«, fragt Superman besorgt. »Seh ich ein kleines bisschen aus wie Superman?«

»Na klar«, sage ich.

»Sie sind ein bisschen dünn«, sagt Caro.

»Das macht doch nichts, oder?«, fragt Superman. »Oder doch?«

»Macht nix«, sage ich.

»Na ja …«, sagt Caro. »Eigentlich sehen Sie eher aus wie Goofy.«

Caro immer mit ihren Sticheleien! Aber kichern muss ich doch.

»Hmmm«, sagt Superman. »Mit dir rede ich nicht mehr, Caro. Was meinst du, Polleke? Ob dieser Superman deine Mutter beeindruckt? Oder bringt er sie zum Lachen? Das wär auch gut.«

Darauf sage ich nichts. Wir gehen zu uns. Ich schließe auf, und Superman geht ins Haus.

Kurz darauf höre ich meine Mutter quieksen vor Lachen.

Am Abend wurde getanzt. Es gab eine Band mit einem Akkordeon und einer Sängerin. Die Straße war voller hopsender Leute. Caro und ich tanzten zusammen und riefen: »Bliep! Bliep!«

Da tippte mir jemand auf die Schulter. Ich drehte mich um und hörte auf zu tanzen. Ich sah direkt in die schwarzen Augen und auf den schwarzen Schnurrbart eines orientalischen Prinzen. Er war ungefähr so groß wie ich und hatte einen Turban auf dem Kopf. Neben ihm stand ein viel größerer Seeräuber mit einer Augenklappe vor einem Auge. Da passierte etwas Unglaubliches. Der Prinz und der Seeräuber machten eine tiefe Verbeugung vor mir. Ich hörte Caro kichern, aber ich musste nicht lachen. Ich konnte mich noch nicht mal bewegen. Ich war verzaubert.

Es war ein komisches Gefühl. Ich wusste genau, wer der Prinz und der Seeräuber waren. Und doch war es, als wären sie Fremde. Der Prinz lächelte mich mit seinen schönen weißen Zähnen an, und mir wurde schwummrig. Der Seeräuber lächelte mich mit seinem einen blauen Auge an, und mir wurde noch schwummriger.

»Mimun«, flüsterte ich, »Papa, so müsstet ihr immer aussehen«, aber wegen der lauten Musik hörten sie mich nicht.

Ich sah Spiek genau an. Eigentlich hatte er sich gar nicht verkleidet. Er hatte seinen alten Anzug an. Er hatte sich nur eine Augenklappe umgetan, und doch war er ganz und gar Seeräuber.

»Habt ihr Mama schon gesehen?«, brüllte ich. »Sie ist sooo schön.«

Der Seeräuber stellte sich auf die Zehenspitzen und guckte sich um. »Wie sieht sie denn aus?«, fragte er.

»Sag ich nicht«, schrie ich. »Das musst du schon selbst rausfinden. Aber denk dran, sie hat Superman bei sich.«

Der Seeräuber grinste. Man sah ihm an, dass er sich vor niemandem fürchtete. Er zog ein Gummimesser aus dem Gürtel des orientalischen Prinzen und steckte es sich zwischen die Zähne. »Dersollmurkomm«, sagte er und verschwand in der Menschenmenge.

Superman saß in einem Gartenstuhl vor unserer Haustür. Superman tanzt nicht gern. Er trank ein Bier und machte Stielaugen zu meiner Mutter, denn die tanzte ein Stück weiter weg. Und wie! Ihr weiter Rock drehte sich wie ein Reif. Die roten Bänder in ihrer schwarzen Perücke flatterten wie Fähnchen. Ihre Ohrringe baumelten wild an ihren geschminkten Wangen. Und ihre Arme schlängelten sich in die Luft wie Schwanenhälse. Sie war wunderschön! Superman starrte sie mit offenem Mund an.

»Darf ich Sie um diesen Tanz bitten?« Der orientalische Prinz machte eine tiefe Verbeugung vor mir.

»Bliep!«, sagte ich. »Bliep bliep!« Und ich nahm ihn in die Arme. Ich glaube, das erschreckte meinen Prinzen ein bisschen. Er drückte gegen meine Schultern und schaute sich ängstlich um. Ich achtete gar nicht darauf. »Bliep«, sagte ich. »Marsmännchen verliebt. Der Herr Prinz darf Marsmännchen nicht wegschubsen.« Und ich zog ihn fest an mich. So ein Fest ist schließlich nicht alle Tage.

Hinter der Tänzerin tauchte plötzlich der Seeräuber auf. Mit dem Messer zwischen den Zähnen. Er grinste. Ich sah seine Zähne blitzen. Er fasste die Tänzerin um die Taille und flüsterte ihr etwas ins Ohr. Die Tänzerin lachte schallend, machte sich tanzend los und drehte sich um. Sie standen einander gegenüber, der Seeräuber und die Tänzerin. Der Seeräuber zog das Messer aus den Zähnen und warf es hoch in die Luft. Er vollführte ein paar wilde Sprünge und fing an zu tanzen. Die Tänzerin lachte, reckte die Arme in die Luft und stampfte mit den Absätzen. Der Seeräuber machte einen Satz nach vorn und versuchte die Tänzerin zu fassen. Doch sie entwischte ihm mit wirbelndem Rock.

Über die Schulter meines orientalischen Prinzen sah ich zu Superman. Er schaute der Tänzerin und dem Seeräuber beim Tanzen zu. Das machte ihn nicht fröhlich. Hastig nahm er ein paar Schluck Bier, aber davon wurde er auch nicht fröhlicher.

»Bliep, bliep«, piepste ich meinem orientalischen Prinzen ins Ohr. »Ich setz mich mal eben zu Superman, kommst du mit?« Ich fasste ihn an der Hand und zog ihn mit zu unserer Haustür.

Wir setzten uns neben Supermans Stuhl auf die Fensterbank.

»Hi, Super«, sagte ich.

Superman nahm einen Schluck Bier. »Ich glaube, sie liebt ihn immer noch«, sagte er.

»Wer?«, fragte ich. Es war eine dumme Frage.

»Was denkst du wohl?«

Ich sah zu der Tänzerin und dem Seeräuber. Sie hatten

Spaß. Sie tanzten und wirbelten wild durch die Straße. Ihre Augen strahlten. Ich fühlte, wie mein Herz pochte. Sollte es wahr sein? Liebten sie sich noch immer? Wie oft hatte ich davon geträumt, dass sie wieder zusammenkämen! Dass Spiek wieder zu uns zöge und ich meinen Vater wieder zu Hause hätte. Ich schüttelte den Kopf. Ich wusste es besser. Zwischen den beiden würde es nie wieder gut werden, das wusste ich schon seit Jahren. Spiek konnte nur deshalb so lustig tanzen, weil er etwas genommen hatte, das sah man auf einen Blick.

»Sie liebt dich«, sagte ich. Es gab mir einen kleinen Stich im Herzen, aber ich war froh, dass ich es gesagt hatte.

»Ach ja?«, sagte Walter. »Woher weißt du das?«

»Ich weiß es eben«, sagte ich. Ich sah ihn nicht an. Ich war mir überhaupt nicht so sicher, eigentlich redete ich nur so daher.

Caro kam herbeigetanzt. »Bliep bliep, bliep bliep!«, rief sie. Tanzend wiegte sie sich vor dem orientalischen Prinzen hin und her. Sie streckte die Hände nach ihm aus. Ich sah, dass der orientalische Prinz ihre Hände fassen wollte. Dass er aufstehen wollte, um mit Caro zu tanzen. Deshalb pflanzte ich meinen Marsmännchenstiefel fest auf seinen orientalischen Pantoffel. »Bleib sitzen«, knurrte ich. Ich sah, dass er die Botschaft verstanden hatte. Und Caro auch. Anmutig tanzte sie von uns weg.

Ich begriff nicht, warum die Liebe so kompliziert war.

# **ZWÖLFTES KAPITEL**, IN DEM ES UM DAS ZUSAMMEN-RAUS-ZUSAMMEN-ZU-HAUS-HAUS GEHT UND UMS PFLANZENSCHNEIDEN

Ich faltete die Hände und machte die Augen zu. »Vielleicht musst du das Leben mal ein bisschen weniger kompliziert machen. Und die Liebe auch. Amen.«

»Amen«, sagte Opa.

»Amen«, sagte Oma.

Wir aßen. Opa und Oma sagten erst eine Weile nichts, weil sie mit Kauen beschäftigt waren. »Schreibst du noch ab und zu ein Gedicht?«, fragte Opa dann.

»Nein«, sagte ich. »In letzter Zeit kommen sie nicht mehr in meinen Kopf.«

»Woran liegt das?«, fragte Oma.

Ich zuckte die Schultern. Ich wusste es wohl, aber ich wollte es nicht sagen. Oma und Opa würden es doch nicht verstehen. Meine Gedichte waren die Gedichte, die Spiek *nicht* schrieb. Jetzt, wo ich wusste, dass Spiek niemals Gedichte schreiben würde, war mein Kopf leer. Ich begriff jetzt besser als früher, dass ich etwas versucht hatte, was nicht ging.

»Ist es wegen Gerrit?«, fragte Oma. Sie nannte Papa nie Spiek.

»Natürlich nicht«, sagte ich. Aber so war es. Es war schwer zu erklären. Ich konnte es mir selbst noch nicht mal erklären. Hatte ich versucht, seine Gedichte aus seinem Kopf zu holen?

Ich wollte sooo gern, dass Spiek ein Dichter war! Aber er war kein Dichter. Das hatte er mir selbst geschrieben. Er war kein Dichter, und ich konnte keinen Dichter aus ihm machen.

»Sie kommen schon wieder in deinen Kopf«, sagte Opa. »Vielleicht musst du eine Weile warten.«

»Ja«, sagte ich.

Eine Zeit lang aßen wir, ohne zu reden. Die Uhr tickte wie ein Hammer.

»Wir müssen auch noch mal in Ruhe über den Sommer reden«, sagte Oma. »Ob es wirklich gut ist, dass du …«

»Ich geh mit Papa mit«, sagte ich.

»Ist Mama damit einverstanden?«, fragte Oma mit erschrockenem Gesicht.

»Das weiß ich nicht«, sagte ich. »Aber ich geh mit Papa mit.«

Ich kann mich noch gut daran erinnern, dass Spiek mich mal gefragt hat: »Kommst du mit mir ans Ende der Welt?« Und dass ich damals gesagt hab: »Ich bleib bei Mama.« Ich wollte nicht mit ihm ans Ende der Welt, aber ins *Zusammen-raus-zusammen-zu-Haus*-Haus wollte ich mit.

»Aber …«, setzte Oma mit rotem Kopf an.

»Marie …«, sagte Opa.

Oma beugte sich über ihren Teller und pulte an ihrem Butterbrot.

»Marie …«, sagte Opa noch einmal. »Wir haben uns nicht immer die Hoffnung bewahrt, wir hatten nicht immer Vertrauen. Polleke hat Hoffnung und Vertrauen, das werden wir ihr nicht wegnehmen. *Wir* nicht, Marie. *Wir* ganz bestimmt nicht. *Wir* werden sie nur unterstützen. Und Gott dafür danken, dass es sie gibt.«

Mit einem Ruck stand Oma auf. Ihr Stuhl kippte beinahe um. »Gott!«, flüsterte sie. »Ich kann das Wort nicht mehr hören! Er hat uns unseren Jungen weggenommen. Jetzt lasse ich mir nicht auch noch mein Enkelkind wegnehmen! Wenn das passiert, will ich mit Gott nichts mehr zu tun haben!«

Sie rannte in die Küche.

Ich wollte aufstehen und ihr nachlaufen, aber Opa zeigte auf meinen Teller. »Lass Oma mal einen Moment allein«, sagte er.

Ich versuchte mein Butterbrot aufzuessen, aber es war, als hätte ich Sand im Mund. Die Uhr war komplett verrückt geworden. Ticketacketicketacke, hämmerte sie, als hätte sie es furchtbar eilig.

»Ich kann nicht mehr«, sagte ich.

»Warte noch eben«, sagte Opa. »Ich bin gleich fertig.«

Ich sah auf seinen kauenden Mund. Ich verstand nicht, dass er noch essen konnte.

Er steckte sich das letzte Stück Butterbrot in den Mund.

»Es ist sehr gut, dass du mit Gerrit mitwillst«, sagte er. »Aber es kann sein, dass es nichts nützt. Hast du daran gedacht?«

Ich nickte. Natürlich hatte ich daran gedacht.

»Und wenn es nichts nützt, kann es niemand ändern«, sagte Opa. »Du ganz bestimmt nicht. Weißt du das?«

»Ja«, sagte ich.

Opa nickte langsam und wischte sich den Mund mit einer Serviette ab. »Dann ist es gut«, sagte er. »Geh jetzt ruhig.«

Ich sprang auf und rannte in die Küche.

Oma hat ganz viele Pflanzen in der Küche. Und im Wintergarten, der an die Küche grenzt. Als ich in die Küche kam, schnitt sie mit einer Schere in den Pflanzen herum. Schnipp schnipp, machte die Schere. Die Zweige und Blätter fing sie mit der Hand auf.

»Warum machst du das?«, fragte ich.

Sie guckte mich an. Ich sah, dass sie fast geweint hatte, aber doch nicht ganz.

»Wenn man sie nicht stutzt, geht ihnen irgendwann die Kraft aus«, sagte sie. »Aber manchmal frage ich mich, ob es überhaupt was nützt.«

Und da kam plötzlich wieder ein Gedicht.

*Soll ich die Pflanzen stutzen?*
*Schnipp schnipp ein Blättchen ab*
*schnipp schnipp ein Stielchen ab …*
*Wird ihnen das was nutzen?*
*Schnipp schnipp ein Händchen ab*
*schnipp schnipp ein Hälschen ab …*
*Oder soll ich lieber die Küche putzen?*

Ich balgte mit Polleke herum. Sie stieß mit ihrem großen Kopf gegen meine Brust und versuchte mich umzuschubsen. Du meine Güte, war das Vieh stark. Mit aller Kraft drückte ich gegen ihren Kopf, aber ich konnte sie nicht wegschieben. Sie drückte weiter, und ich musste zurückgehen.

»Hi, Polleke«, hörte ich jemanden sagen.

Ich ließ Polleke los und sprang zur Seite. »Hi, Tom«, sagte ich.

»Du bist ja ein richtiger Stierkämpfer«, sagte Tom.

»Wieso?«, fragte ich. »Polleke ist kein Stier, und ich kämpfe nicht.«

Tom sagte nichts. Er holte ein Päckchen Zigaretten aus der Hosentasche, nahm eine Zigarette raus und steckte sie mit einem Feuerzeug an.

»Oje!«, rief ich. »Rauchst du etwa?«

»Ja, wieso?«, fragte er.

Ich zuckte die Schultern. Das fand ich sooo dämlich!

»Willst du eine Runde Mofa fahren?«, fragte er.

»Nee«, sagte ich. Ich weiß nicht, was ich hatte. Die Fahrt auf dem Mofa neulich hatte ich wahnsinnig spannend gefunden. Aber trotzdem. Jetzt hatte ich keine Lust.

Als ich das später Mama erzählte, sagte sie: »Wenn du erst mal vierzehn, fünfzehn bist, findest du solche Jungs plötzlich wahnsinnig interessant.«

Das konnte ich mir nicht vorstellen. »Man wird doch nicht immer dümmer!«, sagte ich.

»Na ja«, sagte meine Mutter, »ich bin, seit ich elf bin, bestimmt nicht klüger geworden.«

Darüber musste ich wirklich lachen.

# **DREIZEHNTES KAPITEL**, IN DEM ES UM DEN LETZTEN SCHULTAG GEHT, UM HÜNENGRÄBER UND KAMELE

Am Morgen des letzten Schultags saßen Lehrer Walter und ich zusammen am Frühstückstisch.

»Hör mal«, sagte der Lehrer. »Deine Mutter und ich wollten ja eigentlich nächsten Monat heiraten, aber jetzt wollen wir es doch noch mal verschieben.«

Manchmal traue ich meinen Ohren nicht. Dann denke ich, ich träume. »Warum?«, fragte ich.

»Na ja, nur so, wir haben doch alle Zeit der Welt«, sagte der Lehrer.

Das schien mir kein gutes Zeichen zu sein. Stimmte irgendwas nicht?

»Ich dachte mir, wir können besser warten, bis Spiek wiederkommt«, sagte er. »Dann kann er auch dabei sein.«

Das war es also. Spiek.

Kurz darauf kam meine Mutter nach unten. Im Morgenmantel. Sie sah nicht so aus, als hätte sie gut geschlafen. Mit zerknautschtem Gesicht setzte sie sich an den Tisch und schenkte sich Kaffee ein.

»Er hat Schluss gemacht«, sagte sie.

»Das ist nicht wahr!«, rief der Lehrer.

»Darauf läuft es doch hinaus«, sagte sie.

»Das ist nicht wahr!«, rief der Lehrer noch einmal.

»Er sagt, dass ich Spiek vielleicht wieder liebe, wenn er erst mal gesund ist.« Sie trommelte mit den Fingern auf den Tisch. »Allein die Vorstellung!«

Diesmal sagte der Lehrer nichts.

»Er vertraut mir für keinen Cent«, sagte meine Mutter.

»Darum geht es nicht«, sagte der Lehrer.

Darauf wurde es still. Ich hörte nur das Trommeln von Mamas Fingern auf dem Tisch.

»Walter will doch nur noch ein bisschen warten«, versuchte ich zu erklären, aber sie hörte nicht zu.

»Ein Eheversprechen brechen«, grummelte sie. »Weißt du, dass das in England unter Strafe steht?«

Der Lehrer prustete los. »Ich breche nichts«, sagte er dann. »Ich will ein paar Monate warten, und wenn du mich dann noch willst, heiraten wir.«

»Jaja«, sagte meine Mutter.

Der Lehrer guckte mich an. »Sie vertraut mir für keinen Cent«, sagte er.

»Es ist wegen seiner Mutter«, sagte sie. »Die kann mich nicht leiden.«

Der Lehrer seufzte tief.

Ich guckte auf seine Nase und dachte: Warum benutzt er meine Schere nicht?

In der Schule durften wir alle erzählen, was wir in den Ferien vorhatten.

»Caro?«, fragte der Lehrer.

»Mit meinem Vater nach Spanien«, sagte Caro.

»Und du, Mimun?«

»Nach Marokko«, sagte Mimun.

»Und du, Mehmet?«

»Nach Marokko.«

»Fatima?«

»Nach Marokko.«

So ging es eine Weile weiter.

Dann war ich an der Reihe.

»Mit meinem Vater nach Drenthe«, sagte ich.

»Aha«, sagte der Lehrer. »Schön.«

»Ja«, sagte ich. »In Drenthe gibt's viel zu lachen.«

Alle Kinder wussten genau, wo ich mit Spiek hingehen würde, aber niemand sagte etwas. Außer Mimun. Der sagte: »Da gibt es Hünengräber.«

In der Pause kam Mimun zu mir. »Wir reisen direkt nach der Schule ab«, sagte er. »Das Auto ist schon vollgepackt.«

»Wir fahren morgen«, sagte ich.

»Gute Reise«, sagte er.

»Dir auch«, sagte ich. »Wirst du …«

»Was?«

»Nee, schon gut«, sagte ich.

»Na los. Sag schon, was du sagen wolltest.«

»Wirst du …« Ich schluckte. Ich fand es schwer, das zu fragen. »Wirst du jetzt das Mädchen treffen?«

Mimun guckte verlegen auf seine Schuhe. »Ich weiß nicht«, sagte er.

»Sag ihr mal, dass du mit Polleke gehst«, sagte ich. »Und wenn sie fragt, wer das ist, dann sagst du: Polleke ist das Mädchen, das ich liebe.«

»Polleke ist das Mädchen, das ich liebe«, sagte er. Er scharrte mit den Schuhen auf einem Pflasterstein.

»Und was sagst du zu den Jungs in Drenthe?«, fragte er.

»Mimun ist der Junge, den ich liebe«, sagte ich. »Aber jetzt ist er in Marokko, und da gibt es Kamele.«

Mimun schaute auf. Seine Augen waren so schwarz, dass ich dachte: Du meine Güte, geht's nicht ein bisschen weniger, gleich fall ich noch tot um. »Ja«, sagte er.

Dann wusste ich nichts mehr zu sagen und er auch nicht.

»Wenn ihr wiederkommt, beginnt euer letztes Jahr auf dieser Schule«, sagte der Lehrer.

Es klang feierlich. Und auch ein bisschen beängstigend. Das letzte Jahr! Stellt euch das mal vor! Ich geh schon mein Leben lang auf diese Schule. Ich kenne alle Lehrer und alle Lehrerinnen und alle Kinder. Ich kenne jeden Pflasterstein auf dem Schulhof und jeden Strauch drum herum. Wenn es klingelt, weiß ich, welche Lehrerin oder welcher Lehrer gerade auf den Knopf drückt, denn jeder macht es auf seine Weise.

Ich kenne alle Bücher aus der Schulbücherei. Ich weiß, wo man gucken muss, wenn man etwas über den Eisbären sucht. Ich weiß, welche Lehrerinnen aufeinander sauer sind. Ich weiß alles.

Aber nach den Ferien fängt das *letzte Jahr* an. Dann gehört mir die Schule mit jedem Tag ein bisschen weniger, denn die Schule gehört den Kindern, die bleiben. Abschied!

*Ich dachte wohl, überall*
*gilt das »in alle Ewigkeit«*
*aus Opas Sonntagsgebet,*
*aber Abschied heißt nun mal,*
*dass nichts für immer ist,*
*wie gut es auch grad geht.*

## **VIERZEHNTES KAPITEL**, IN DEM ES UM EINEN SPIRRIGEN JUNGEN GEHT, UM EIN GESÄSS UND UM EINE FRÖHLICHE FRAU MIT PAUSBACKEN

Nach dem Beten sagte Spiek: »Darf ich euch darauf aufmerksam machen, dass es keinen Gott gibt?«

»Was erzählst du da?«, sagte Opa. »Das ist mir noch nie aufgefallen.«

Spiek ist zwar echt lieb, aber manchmal könnte ich ihm eine scheuern.

Wir waren bei Oma und Opa, weil wir auf dem Weg zum *Zusammen-raus-zusammen-zu-Haus*-Haus einen Koffer mit neuen Kleidern für Spiek abholen wollten. Er sah gut aus, gewaschen und rasiert und in seinen neuen Sachen.

»Willst du noch was beten, Polleke?«, fragte Opa.

»Nein, das will sie nicht«, sagte Spiek. »Polleke glaubt nämlich nicht an Gott.«

Ich faltete die Hände und machte die Augen zu. Ich sagte: »Ich finde es ganz toll, dass Spiek hier ist und dass er einen Entzug macht. Wenn's dich also nicht gibt, sag ich trotzdem danke. Amen.«

Ich machte die Augen auf und sah sofort Spiek an. Ich

wusste, dass ich wütend werden würde, wenn er etwas Fieses sagen würde. Zum Glück sagte er nichts.

Oma kicherte.

Die Uhr tickte.

Wir kauten unsere Butterbrote.

»Schön ruhig ist es hier«, sagte Spiek. Auf seiner Stirn standen Schweißperlen. »Das erste Mal seit Jahren, dass ich meinen Herzschlag im Kopf hören kann.«

Ich war mir nicht sicher, ob das nun eine fiese Bemerkung war oder nicht. Oma und Opa konnte man nichts ansehen.

»Du bist die Stille nicht mehr gewohnt«, sagte Oma.

»Können wir ein Fenster aufmachen?«, fragte Spiek.

Oma stand auf und öffnete ein Fenster. Ich konnte das nasse Gras riechen.

»Hier riecht es immer so gut«, sagte ich.

Spiek guckte mich an und lächelte. Es war ein Lass-dich-von-mir-nicht-runterziehen-Lächeln. Da hatte ich einen seltsamen Gedanken. Ich dachte: Spiek muss eigentlich weinen, aber er kann nicht.

Ich versuchte zu fühlen, was Spiek fühlte. Er war in dem Haus, in dem er als Kind gewohnt hatte. Er war zu Hause. Warum musste er dann weinen? Ich wusste es nicht und konnte es auch nicht erraten.

»Ich kann nicht mehr«, sagte Spiek und schob seinen Teller weg. »Sollen wir nach deinem Kalb gucken?«

»Ich fände es schön, wenn ihr warten könntet, bis wir auch fertig sind«, sagte Opa.

»Ach so«, sagte Spiek.

Er sah mich an.

Ich sah ihn an.

Dann fingen wir beide an zu kichern.

»Ja, lacht ihr nur«, sagte Opa. »Das ist gesund.«

Oma kicherte mit uns mit.

Wir saßen auf Pollekes kleiner Wiese. Sie graste gemächlich, und wir quatschten.

»Ich hab ein klitzekleines Gedicht gemacht«, sagte ich. »Heute Morgen im Bus.«

»Lass hören«, sagte Spiek.

Ich sagte:

*»Es gefällt*
*mir auf der Welt.«*

»Hmm«, sagte Spiek. »Das würde ich an deiner Stelle auch finden. Du bist so …«

»Ja?«, fragte ich. »Wie bin ich?«

»… großartig. Du gibst nie auf. Aber ich bin ich, und das ist nicht immer das reine Vergnügen.«

Von dem *großartig* musste ich mich erst mal erholen. Du meine Güte! So hatte ich mich selbst noch nie gesehen!

»Ich war als Kind schon ein komischer Kauz«, erzählte Spiek. »So ein spirriges Jüngelchen zwischen all den strammen Bauernburschen. Ich mochte ihre Spiele nicht. Ich fühlte mich nicht zu Hause. Und dann ständig dieses Getue mit Gott …«

»Was macht das schon!«, rief ich. »Lass Oma und Opa doch! Was kann dich das kratzen?«

Spiek nickte. »Wenn man klein ist«, sagte er, »und die Eltern an etwas glauben, woran man selbst nicht glaubt, dann ist das unheimlich, verstehst du? Dann fühlt man sich ziemlich allein.«

Ich dachte nach. »Ich weiß nicht, was ich glaube«, sagte ich.

»Als ich so ungefähr fünfzehn war, dachte ich: Hey, jetzt weiß ich, warum ich mich so allein fühle, ich bin ein Dichter!« Spiek kicherte.

Ich sagte nichts, denn ich konnte es nicht haben, wenn er sich selbst auslachte.

»Hör zu, Polleke«, sagte er. »Willst du nicht doch lieber hierbleiben? Du musst nicht mitkommen, weißt du?«

»Ich geh mit dir mit«, sagte ich.

»Warum?«, fragte er.

»Darum«, sagte ich.

Ich konnte doch wohl schlecht sagen, dass ich ihm für keinen Cent vertraute!?

Als ich von Kalb Polleke Abschied nahm, wagte ich ihr nicht in die Augen zu gucken. Ich hatte Angst, sie könnte merken, dass wir uns sechs Wochen nicht sehen würden.

Wir saßen im Zug auf dem Weg nach Drenthe. Ich konnte sehen, dass es Spiek nicht gut ging. Sein Gesicht triefte vor Schweiß. Er zog die Jacke aus und machte das Fenster auf.

»Entschuldigen Sie«, sagte eine alte Dame neben ihm. »Können wir das Fenster zumachen?«

Spiek sah mich an und lächelte. »Aber selbstverständlich«, sagte er. »Von so viel frischer Luft wird einem ja auch bloß schwindelig.« Er stand auf und machte das Fenster wieder zu. Er setzte sich hin, aber ich sah ihm an, dass er nicht sitzen wollte.

»Mein Mann ist letztes Jahr an einer beidseitigen Lungenentzündung gestorben«, sagte die alte Dame.

»Ach«, sagte Spiek. »Das ist ja schrecklich.«

»Ja«, sagte die alte Dame. »Das sagen immer alle, aber so schlimm ist es gar nicht.«

»Ach so«, sagte Spiek.

»Am Ende war er ein ganz schöner alter Nörgler«, sagte die Dame.

»Verzeihung«, sagte Spiek, »darf ich mal eben durch?« Er stand auf und schob sich an der alten Dame vorbei in Richtung Gang.

»Wo willst du hin?«, fragte ich besorgt. Denn der Zug bremste schon für die nächste Station.

»Ich muss mal zum Klo«, sagte Spiek.

»Ich muss auch«, log ich. Denn ich bin ja nicht verrückt. Wenn er nun heimlich aus dem Zug springen würde!

»Wir können doch nicht beide gleichzeitig gehen«, sagte Spiek.

»Gehen Sie nur«, sagte die alte Dame. »Ich passe schon auf Ihr Gepäck auf.«

Ich hätte sie umarmen können!

Wir gingen zum Klo.

»Geh du ruhig zuerst«, sagte Spiek.

»Nein«, sagte ich. »Du.«

Spiek guckte mich an. Er hatte einen wirren Blick. »Na gut«, sagte er. Er ging in die Toilette. Der Zug lief in den Bahnhof ein. Als er stand, kam Spiek wieder raus. »Jetzt du«, sagte er.

Die Türen öffneten sich. Ein paar Leute stiegen aus, andere stiegen ein.

»Wenn der Zug im Bahnhof steht, darf man nicht aufs Klo«, sagte ich. »Ich warte noch einen Moment.«

Spiek nickte. Wir sahen auf den Bahnsteig. Die Türen waren immer noch offen, aber es stieg niemand mehr ein. Da ertönte ein Pfiff. Die Türen schlugen zu. Der Zug setzte sich in Bewegung.

»Dann geh ich jetzt mal«, sagte ich.

Ich ging in die Toilette, aber ich musste nicht pinkeln. Ich wusch mir die Hände und ging wieder raus.

Als wir wieder auf unseren Plätzen saßen, sagte die alte Dame nach einer Weile: »Wenn sie älter werden, müssen sie immer öfter pinkeln.«

»Wer?«, fragte Spiek.

»Die Männer«, sagte die alte Dame.

»Ach ja?«, fragte Spiek. »Tatsächlich?«

»Mein Mann lief im Zug eigentlich immer nur hin und her«, erzählte die alte Dame. Und wenn er dann zurückkam, sagte er: ›Ich hab ihn grad mal über die Gleise gehängt.‹ Ganz laut, sodass die anderen Leute im Zug es hören konnten.«

Spiek und ich guckten schnell aus dem Fenster. Wir wagten uns nicht anzusehen. Ich musste mir fest auf die Wange beißen, um nicht loszuprusten.

»Ihr Mann war wohl immer für einen Spaß zu haben, was?«, fragte Spiek gepresst.

»Das können Sie laut sagen«, sagte die alte Dame. »Dann flüsterte ich: ›Johan, bitte!‹ Und dann rief er: ›Mien! Es gibt doch nichts Schöneres, als sich mit einem frischen Lüftchen von unten zu entleeren. Musst du nicht? Mal schön das Gesäß in den Wind halten?‹«

O nein! Ich hielt es nicht mehr aus. Hiiilfe! *Gesäß!* Ich krümmte die Zehen in den Schuhen und dachte: Jetzt nichts sagen, Spiek. Bittebitte nichts sagen.

»Und da saß ich dann mit der Schamesröte auf den Wangen«, erzählte die alte Dame. »Das machte er natürlich mit Absicht. Das machte ihm einen Heidenspaß.«

»Ach«, sagte Spiek, »Sie müssen es so sehen: Ganz ohne Hobby, das ist auch nichts.«

Als ich meinen Lachkrampf überwunden hatte, dachte ich: Wenn ich Mimun nicht heiraten kann, heirate ich überhaupt keinen. Allein die Vorstellung, ich wär mit jemandem verheiratet, der *Gesäß* sagt, wenn alle Leute dabei sind!

Nach dem Zug nahmen wir den Bus. Es war eine lange Strecke. Ich zählte die Haltestellen. Bei der fünften drückte ich auf den Knopf. Der Bus hielt. Wir mussten aussteigen. Spiek war nass wie ein Seehund. Er stellte den Koffer ab und wischte sich mit einem Taschentuch übers Gesicht. »Sollen wir erst was trinken?«, fragte er.

Wir guckten uns um. Hier und da stand ein Haus. Man konnte nirgends was trinken.

»Komm, wir gehen«, sagte ich.

Spiek seufzte. »Bleibt uns wohl nichts anderes übrig.« Er nahm seinen Koffer und fing an zu schleppen. »Vielleicht schaff ich's ja auch allein«, sagte er. »Vielleicht brauch ich dieses komische Haus gar nicht.«

»Ja«, sagte ich. »Vielleicht nicht, aber vielleicht ja doch.«

Spiek setzte den Koffer wieder ab. Er wischte sich übers Gesicht. »An der Haltestelle gegenüber hält der Bus in die andere Richtung.«

»Ja«, sagte ich. »Da stellen wir uns hin, wenn du hier wieder wegdarfst.«

»Du bist wirklich beinhart«, sagte Spiek.

»Komm schon«, sagte ich.

Spiek fing wieder an zu schleppen. Als wir um die Kurve waren, sahen wir ein großes Gebäude zwischen den Bäumen.

»Das muss es sein«, sagte Spiek. »Mitten in der Einöde.«

Wir gingen weiter, bis wir zu einem Tor kamen. Das Haus sah nett aus. Es war von einem großen Garten umgeben. Leute saßen auf einer Terrasse, und Kinder spielten.

»Das ist nichts für mich«, brummte Spiek.

»Für mich schon«, sagte ich. »Ich geh rein. Bleibst du hier?«

Es war ein spannender Moment. Ich war mir nicht sicher, was er sagen würde, aber ich ließ mir nicht anmerken, dass ich Angst hatte.

»Natürlich nicht, spinnst du?«, sagte er. »Ich gehe dahin, wo du hingehst.«

Als wir durchs Tor waren, fasste er meine Hand. Ich merkte, wie er zitterte. Wir gingen durch den Garten auf die

Terrasse zu. Auf halbem Weg kam uns eine Frau entgegen. Sie hatte ein fröhliches Gesicht mit Pausbacken. »Hallo«, sagte sie und streckte die Hand aus. »Ich bin Ina.«

Spiek streckte die Hand aus, und ich sah, wie sein Gesicht fröhlicher wurde. Seine Zähne blitzten in der Sonne. Auf einmal sah er ein bisschen so aus wie ein Seeräuber.

Ich dachte: Oje.

*Guus Kuijer*, 1942 in Amsterdam geboren, war zunächst Lehrer und ist seit 1973 freier Schriftsteller. Für seine Kinder- und Jugendbücher wurde er international vielfach ausgezeichnet, darunter mit dem Holländischen Staatspreis für sein Gesamtwerk und dem Deutschen Jugendliteraturpreis für »Wir alle für immer zusammen«, dem ersten Band der Polleke-Bücher. Dieser wurde außerdem für den UNESCO-Preis für Kinder- und Jugendliteratur nominiert.

**Noch mehr gemütlicher Lesestoff für entspannte Sommertage!**

Fahr mit Anna, Magnus und Linnea in die Ferien nach Schweden in:

Kirsten Boie,
*Man darf mit dem Glück nicht drängelig sein*

Eine Leseprobe findest du auf den nachfolgenden Seiten …

Als Kind hat man natürlich keine Chance.

Anna hat bei drei Freundinnen angefragt, ob sie vielleicht mit ihnen in Urlaub fahren kann, und die Mütter waren auch alle ganz lieb, aber geklappt hat es bei keiner. Und zwei Ponyhöfe waren auch schon voll, da hat sie mit einer ganz tiefen Stimme selber angerufen, das war schrecklich. Und was man sonst noch tun kann, wenn man fast elf Jahre alt ist und nicht mit seinem Vater verreisen will, das weiß Anna auch nicht.

»Ach, Anna«, sagt Mama unglücklich. »Vielleicht gefällt es dir nachher ja doch.«

Anna versucht, gar kein Gesicht zu machen. Sie will nicht, dass Mama traurig wird; aber mit einem Papa verreisen, der eigentlich gar keine Lust dazu hat, das will sie auch nicht.

»Ich finde Schweden eigentlich schön«, sagt Magnus und packt leise seine Bücher für den Urlaub zusammen. Jetzt sind es keine Bücher über Ägypten mehr, jetzt sind es Bücher über Bäume und über Vögel und über Fische, und das kann im Urlaub ja vielleicht sogar ganz nützlich sein.

»Und du, mein Spatz?«, sagt Mama und hockt sich auf den Boden, wo Linnea schon wieder versucht, alle wichtigen Sachen in ihren kleinen Blechkoffer zu quetschen.

Linnea guckt hoch. »Linni *will*«, sagt sie gedankenverloren. »Aber *ich* fahr eigentlich nicht so gerne mit fremden Männern in Urlaub.«

»Aber Linnea!«, sagt Mama erschrocken. »Papa ist doch kein fremder Mann! Du besuchst Papa doch jeden Monat und du hast doch auch immer gesagt …«

»*Linni* will ja auch gerne«, sagt Linnea. Und jetzt hat sie es endlich geschafft, den Kofferdeckel zuzukriegen.

Im Auto ist es heiß, aber Papa hat gesagt, das kann ihnen doch nur recht sein.

»Lieber im Auto ein bisschen schwitzen als nachher Schweden im Regen«, sagt Papa und überholt einen Wohnwagen. »Mein Gott, ich kann mir nichts Furchtbareres vorstellen.«

»Du wolltest lieber wieder nach Ibiza, oder?«, sagt Anna vorsichtig. Sie darf vorne sitzen, weil sie die Größte ist.

»Das kannst du aber glauben«, sagt Papa und wird noch ein bisschen schneller. »Ich hab Himmel und Hölle in Bewegung gesetzt, um noch irgendwas im Süden zu kriegen. Aber für einen Erwachsenen und drei Kinder und dann so kurzfristig, wie eure Mutter mich informiert hat – da war nichts zu machen.« Und er zeigt einem Autofahrer, der vor ihm erschrocken von der linken auf die rechte Spur wechselt, einen Vogel.

Anna nickt. Mit uns verreisen will er nicht und nach Schweden will er auch nicht, denkt sie. Ich hab es ja gewusst.

»Wenn du so schnell fährst, kriegt Linni Angst, Herr Schulze«, sagt Linnea von hinten. »Und dann muss sie spucken, und rate mal, wer die Sauerei dann wegmachen muss.«

Papa lacht und wird wirklich ein winziges bisschen langsamer. »Warum sagst du denn Herr Schulze zu mir, Linnea?«, fragt er.

Linnea sucht sein Gesicht im Rückspiegel. »Heißt du nicht so?«, fragt sie. »Man darf nicht du zu allen sagen, Herr Schulze. Das machen die Babys.«

Papa räuspert sich. »Doch, doch, Linnea, selbstverständlich«, sagt er. »Aber ich bin ja schließlich dein Papa. Und du besuchst mich jeden Monat einmal in Bremen …«

»Nee, nee, nee«, sagt Linnea streng. »Ich kann doch nicht zu jedem, den ich einmal im Monat in Bremen besuche, Papa sagen. Was ist ein Monat, übrigens, Magnus?«

Magnus kichert. Die ganze Zeit hat er in seinen Büchern geblättert, aber jetzt sieht er doch auf.

»Du sollst doch nicht wegen dem Besuchen Papa zu ihm sagen, Linnea«, sagt er. »Du sollst das sagen, weil Papa dein Papa ist.«

Linnea zeigt ihm einen Vogel.

»Da könnte ja jeder kommen«, sagt sie schlau.

Aber auf der Fähre ist es schön. Mit dem Auto fahren sie über eine schepperige Brücke aus Metall durch eine riesengroße Klappe ins Schiff, und es fühlt sich aufregend und gefährlich an, und ein Mann zeigt wild mit den Armen, wo Papa das Auto hinstellen soll.

»Siehst du, Herr Schulze, nun können wir froh sein, dass wir mit dir gefahren sind«, sagt Linnea und hebt ihren Koffer aus dem Auto. »Mama kann ja immer nicht einparken. Die hätte ja hier alles Schrott gemacht.«

Und da muss Anna ihr recht geben.

»Und geht das bestimmt auch nicht unter?«, fragt Magnus ängstlich. Der Schiffsbauch ist voller Autos und voller Lastwagen, und wieso das Schiff da nicht untergeht, wo Magnus doch in der Schule gerade gelernt hat, dass nur Sachen schwimmen können, die leichter sind als Wasser, das weiß er wirklich nicht.

»Ich schwör's euch«, sagt Papa. »Und jetzt suchen wir uns erst mal einen gemütlichen Platz für die Überfahrt.«

Da gehen sie nach oben an Deck und setzen sich in die Sonne, und Papa verschwindet noch mal im Schiffsbauch, um die Esssachen hochzuholen, die Mama ihnen für die Fahrt mitgegeben hat. Lauter kleine Minisalamis sind das und Milchschnitten und Schokozwieback und Sachen, die es bei Mama sonst eigentlich nicht gibt.

»Irene hat auch was für euch mitgegeben«, sagt Papa und stellt eine Kühltasche vor ihnen auf den Boden. »Weil ihr doch immer so gerne Wackelpudding mögt …«

»Cola!«, schreit Linnea, die ja immer alles durchwühlen muss, auch wenn es ihr keiner erlaubt hat. »Das ist nicht gut für Kinder, sag ihr das mal, Herr Schulze. Und sag ihr, sie soll das immer machen.« Und Linnea greift sich eine kalte Dose Cola und einen Wackelpudding.

»Anna?«, fragt Papa.

Anna schüttelt den Kopf. »Ich mag keine Cola«, sagt sie. Solche Lügen zählen nicht.

»Magnus?«, fragt Papa.

Aber Anna starrt Magnus immerzu an, und da schüttelt er auch den Kopf und sagt, dass er gar keinen Hunger hat. Und auch keinen Durst.

Und Papa guckt ein bisschen enttäuscht, aber er erlaubt Magnus trotzdem, dass er losgeht und sich das Schiff anguckt, und da isst Anna ganz allein von Mamas Zwieback und von Mamas Minisalamis und von Mamas Milchschnitten.

Und Linnea isst ordentlich Wackelpudding und trinkt ordentlich Cola, obwohl Anna ihr sagt, dass sie dann heute Nacht bestimmt nicht schlafen kann; aber Papa sagt, heute ist eine Ausnahme. Heute ist das schon mal erlaubt.

»Da siehst du mal«, sagt Linnea zufrieden zu Anna. »Herr Schulze sagt das. Der ist viel lieber als Mama.« Und sie fängt an, Linni die Jacke auszuziehen. »Igitt, das dumme Kind«, sagt Linnea. »Nun hat sie schon wieder die Windel vollgepupert.«

Papa lacht. »Tatsächlich«, sagt er. »Ist das noch immer die Puppe, die Oma dir zu deinem ersten Geburtstag geschenkt hat? Und wie heißt die denn?«

»Linnea heißt sie«, sagt Linnea und nun zieht sie Linni auch noch die Hose aus. »Igitt, wie das stinkt.«

»Linnea, genau wie du?«, fragt Papa. »Das macht man aber eigentlich nicht.«

Linnea zeigt ihm einen Vogel. »Das ist doch *mein* Kind!«, sagt sie streng. »Weißt du das nicht!«

»Doch, doch«, sagt Papa beruhigend. Er guckt verblüfft auf Linni, die jetzt auch keine Windel mehr umhat. »Dacht ich's mir doch! Das war doch eine Jungspuppe! Die kann doch nicht Linnea heißen!«

Anna wirft sorgfältig das zerkrumpelte Abfallpapier in den Papierkorb. Sie hätte nicht so viel essen sollen. Jetzt ist ihr ganz schlecht.

»Kann sie *doch*, Dummi«, sagt Linnea, ohne hochzugucken. »Weil sie ein Mädchen ist, stell dir mal vor.« Und sie fängt an, Linni ihre alte Windel wieder umzuwickeln.

»Halt!«, schreit Papa und greift nach der Windel. »Halt mal an, Linnea! Guck mal, die hat doch ein – Pimmelchen, das siehst du doch, oder? Und dann ist das eine Jungspuppe, weil nämlich nur Jungs …«

Jetzt wird Linnea aber böse. »Nimm mal deine Hand da weg, Herr Schulze!«, sagt sie energisch. »Die kriegt ja einen ganz kalten Po!« Dann klebt sie die Windel wieder zu. »Und übrigens«, sagt sie freundlich, »das gibt auch Mädchen mit einem Penis, übrigens. Und Jungs mit einer Scheide, stell dir mal vor.« Und nun kriegt Linni auch noch ihre Hose und ihre Jacke wieder an.

Kirsten Boie
*Man darf mit dem Glück nicht drängelig sein*
176 Seiten
978-3-7512-0122-3
Ab 10 Jahren
12.–€

Klimaneutral
Druckprodukt
ClimatePartner.com/53248-2011-1002

Dieses Buch wurde klimaneutral produziert. Dadurch fördern wir anerkannte Nachhaltigkeitsprojekte auf der ganzen Welt. Erfahre mehr über die Projekte, die wir unterstützen, und begleite uns auf unserem Weg unter www.oetinger.de

MIX
Papier aus verantwortungsvollen Quellen
FSC® C014496
FSC www.fsc.org

1. Auflage

Die niederländischen Originalausgaben erschienen unter dem Titel
Voor altijd samen, amen,
Het is fijn om er te zijn

Satz: Satz für Satz, Wangen im Allgäu
Druck und Bindung: GGP Media GmbH,
Karl-Marx-Straße 24, 07381 Pößneck
Printed 2021
ISBN 3-7891-4011-2

www.oetinger.de